U0532112

卡尔维诺经典 | ITALO CALVINO

ITALO CALVINO(1923-1985)

LA GIORNATA D'UNO SCRUTATORE · ITALO CALVINO
伊塔洛·卡尔维诺 | 观察者

毕艳红/译

译林出版社

图书在版编目(CIP)数据

观察者 /(意)伊塔洛·卡尔维诺著;毕艳红译.
—南京:译林出版社,2022.1
(卡尔维诺经典)
ISBN 978-7-5447-8828-1

Ⅰ.①观… Ⅱ.①伊… ②毕… Ⅲ.①短篇小说-小说集-意大利-现代 Ⅳ.①I546.45

中国版本图书馆 CIP 数据核字(2021)第 175281 号

La giornata d'uno scrutatore by Italo Calvino
Copyright © 2002, The Estate of Italo Calvino
This edition arranged with The Wylie Agency (UK) LTD
Simplified Chinese edition copyright © 2021 by Yilin Press, Ltd
All rights reserved.

著作权合同登记号 图字:10-2018-427 号

观察者 [意大利] 伊塔洛·卡尔维诺 / 著 毕艳红 / 译

责任编辑 金 薇
装帧设计 合和工作室
校 对 王 敏
责任印制 颜 亮

原文出版 Arnoldo Mondadori Editore S.p.A., Milano, Italia, 1994
出版发行 译林出版社
地 址 南京市湖南路 1 号 A 楼
邮 箱 yilin@yilin.com
网 址 www.yilin.com
市场热线 025-86633278
排 版 南京展望文化发展有限公司
印 刷 江苏凤凰新华印务集团有限公司
开 本 850 毫米 ×1168 毫米 1/32
印 张 3.125
插 页 4
版 次 2022 年 1 月第 1 版
印 次 2022 年 1 月第 1 次印刷
书 号 ISBN 978-7-5447-8828-1
定 价 39.00 元

版权所有·侵权必究
译林版图书若有印装错误可向出版社调换。质量热线:025-83658316

前　言

　　1963年2月，在埃伊纳乌迪出版社出版《观察者》之际，卡尔维诺为小说写过一篇介绍文章，但后来并未随小说一起出版。现在，这篇介绍文章与小说首次合体，以飨读者。开头的问题与前两段刊登在1963年3月10日的《晚邮报》上，标题为"问卡尔维诺一个问题"，采访者为安德烈·巴尔巴托。

　　您的新书《观察者》是一个涉及当代主题的故事，书中关于政治、哲学和宗教的各种反思相互交织。与您的其他作品相比，比如《分成两半的子爵》《树上的男爵》《不存在的骑士》——这些作品别具一格，充满了天马行空的想象力——您是否认为您的新书是一个转折点？如果是，那么它缘起何处？

　　不是转折点，因为我不是从今天才开始对当代现实进行描绘和评论的。《房产投机》是我写于1957年的一部短篇小说，这部小说就试图——也是以稍作加工的亲身经历为出发点的——定义我们这个时代。我写于1958年的《烟云》也是属于这一类型的。当时，我想创作一系列同一主题的小说，将它们命名为《世纪中叶》，简而言之，就是五十年代的故事，以纪念我们正在经历的过渡时期。《观察者》正是其中一部。在这个方向（我认为我还会沿着这个方向继续写作若干作品）的内部才可以说有一个转折点，或者更确切地说，是一个深化。我在《观察者》中涉及的主题，即那种先天的不幸与痛苦，生育的责任，都是我以前从来不敢触及的。现在我也不能说完全触及了，但是我已经承认它们的存在，知道要考虑这些，这会改变很多东西。

关于冒险-幻想小说，我不会问自己是否要继续这一组主题，因为每个故事诞生于一种情感-道德难题，这一难题逐步成形、成熟，最终强加于自身。我们知道，故事还有消遣、游戏、创作技巧的部分。但是，这个最初的难题是一个必须自行形成的元素，而意图和意愿无关紧要。这不只适用于幻想小说，还适用于所有叙事作品，包括现实作品、自传作品的作品集，并且由它决定在浩瀚的事物中哪些可以写，哪些非写不可。

这部小说不长，故事情节较少，主要是主人公的反思：在（1953年）选举期间，这位公民受命到都灵科托伦戈的一个选举站担任监票员。小说讲述了他这一天的经历，而小说题目也正是《监票员的一天》[①]。这是一部小说，但同时也是对在科托伦戈进行的选举的报道，是一篇抨击我们民主中最荒谬的方面的文章，也是一种哲学沉思，思考让智障者与麻痹症者参与投票的意义，思考它在多大程度上反映了某些世界观对历史的挑战，这些世界观将历史视为虚妄之物；它还是意大利的不同寻常的一面形象，是人类原子未来的一场噩梦；但最重要的是，它是对主人公自身（一位知识分子）的沉思，是一位历史主义者的《天路历程》，他突然看到世界变成了巨大的"科托伦戈"，他希望能够力挽狂澜，

[①] 小说的意大利语题目直译为"监票员的一天"。——译者注

维护历史运行的道理，以及维护他在那一天才察觉的人类最大的隐秘道理……

不能再说了，我一旦开始解释和评论我所写的内容，就会开始说些陈词滥调……总之，我想说的一切尽在小说中，再多说一个字都是对这部小说的背叛。我只想说，监票员在这一天结束时的状态与早上有所不同。而我，为了写这部小说，也不得不做出了一些改变。

可以说，为了写出这部如此短的小说，我花费了十年时间，比我以往任何作品所用的时间都要长。我第一次有写这部小说的想法时逢 1953 年 6 月 7 日。我在科托伦戈的选举站待了十几分钟。不，我不是监票员，我是一名候选人（当然，我只是名单上为了凑数的候选人），作为候选人我在各个选举站之间巡回，这些选举站名单上的代表需要党派的帮助来解决争端。所以我参加了在科托伦戈的一个选举站民主党员和共产党员之间的辩论，就是我的小说里着重突出的那种辩论（甚至，是完全一样的——至少在某些台词上）。就是在那儿，我有了写这部小说的想法，甚至小说的大体构思已经基本跟我现在写的一样：一位在那儿的监票员的故事，等等。我尝试去写，但是我没成功。我在科托伦戈只待了十几分钟：（虽然当时我不想，而且后来也不愿意沉迷于场面"效应"）我看到的场面对于表现主题所需要的信息来说还太少。关于科托伦戈的各种选举的轰动事件，存在大量的新闻资料，但是这些资料对我来说只能作为一个冰冷且间接的地方新闻使用。我那时以为，我只有真正作为一名监票员，全程参与到那儿的选举中，才能写出这部小说。

我担任科托伦戈选举站监票员的机会，在1961年的地方行政选举中到来了。我在科托伦戈待了近两天时间，也是去病房收选票的监票员之一。其结果是我好几个月完全无法写作：我眼前全是那些不幸之人的画面，没有理解、讲话、移动身体的能力，于是上演了委托教士或修女代他们投票的闹剧，那画面是如此可怕，让我感觉那只能是一本极为暴力的宣传册，一幅反天主教民主党的海报，是对用这种方式获得选票（问题不在于选票的多少）以获得权力的党派的一系列谴责。总之，此前我未曾见过此类画面，而现在我见到的画面太过强烈。我不得不等这些画面在我记忆中稍微褪色、远去。我不得不让这些画面引发的意义和反思越来越成熟，就像一系列同心圆或波浪那样。

目 录

观察者　1

后记　79

观 察 者

作者声明

我所说的内容是真实的,但角色都是虚构的。特别是出现在第十章的议员,不要徒劳地寻找他的原型,他是我虚构的讽喻式人物。我还曾询问过是否有人可以认出他来,但没人做到。除了那一章之外,我一直以我亲眼所见的事实(两次,分别是1953年和1961年)为依据。即使这很重要,但在小说中,更多的是反思而不是事实。

01

清晨五点半,天下着雨,阿梅里戈·奥尔梅亚走出家门。他要去投票站,他在那儿当监票员。阿梅里戈穿过狭窄而蜿蜒的街道,走在石子铺就的残旧路面上。沿街破旧的房屋里肯定挤挤挨挨住满了人,但在那个星期天的黎明却毫无生气。阿梅里戈对这一街区并不熟悉,他从那些被熏得漆黑的墙砖上辨识着街道的名字,抑或是已被遗忘的捐助者的名字。他将雨伞倾向一边,仰起头,任凭雨水滴落到脸上。

反对派——阿梅里戈是左翼政党的成员——的支持者认为,选举日下雨是一个好兆头。这是自战后第一次投票以来的惯有想法,当时人们认为,天气恶劣时,天主教民主党的很多选民——对政治不感兴趣的人,或是老弱病残,或是萧条的乡下的居民——都会闭门不出。但是阿梅里戈没有如此心存幻想:现在已经是1953年了,经过如此多的选举,无论风雨交加还是烈日炎炎,组织投票早已有条不紊。

试想一下，此次政府各党派要实施一项新的选举法（其他人都将其戏称为"《欺诈法》"），即获得 50%+1 的赞成票的联盟将拥有三分之二的席位……阿梅里戈知道，政治上的改变是漫长而复杂的，不要天天对它抱有期望，就像不要天天期盼有好运一样。对他来说，就像对很多人来说一样，阅历的增长也就意味着变得日益悲观。

另一方面，需要我们日复一日为之努力的道德总是存在的。在政治中，就像在生活的其他方面一样，对于那些不是傻瓜的人来说，这两个原则很重要：永远不要抱有太多幻想，要一直坚信自己所做的一切皆可为自己所用。阿梅里戈不是一个喜欢奋勇向前的人，在工作中，比起功成名就，他更喜欢做一个正直的人。无论是在公共生活还是工作关系中，他都不是所谓的"政治家"。必须补充一句，无论是从"政治家"这个字眼的褒义还是贬义来说，他都不是。（根据人们给这个字眼赋予的含义来说，有贬义，也有褒义。这一点，阿梅里戈还是清楚的。）他入党了，这一点千真万确，但不能因此说他是"积极分子"，他向往平稳安逸的生活，当他觉得某件事对他有用或者适合他时，他就不会退缩。在党组织中，其他人都认为他是一位精通业务且非常理智的人。现在，他们让他来当监票员。这是一项微不足道的任务，但又是非常必要且需要认真对待的，尤其工作地点是在大型宗教机构中的选举站。天在下雨，注定一整天要穿着湿乎乎的鞋了。

使用诸如"左派""宗教机构"之类的通用术语，并不是因为不想称呼它们原本的名字，而是因为即使一开篇就宣布阿梅里戈·奥尔梅亚加入的政党是意大利共产党，以及投票站位于都灵著名的科托伦戈内部，就准确性而言，这一伏笔也只是浮于表面，无关痛痒。在意大利，对于"共产主义"一词，每个人根据各自的认知能力和经验赋予了它不同的意义，所以需要进一步明确，进一步界定意大利共产党在那个年代的意大利，在那种形势下的作用，以及阿梅里戈置身其中的方式。对于"科托伦戈"一词，每个人不但赋予了它不同的意义，甚至赋予了它完全对立的意义。科托伦戈还有另一个名字，就是"上帝仁爱小院"。假设所有人都知道那座庞大的福利院的作用是庇护诸多不幸的人——智障、畸形人以及那些只能隐藏起来不允许被任何人看到的人，也必须确定它在市民的悲悯之心中的至高地位，即使在那些没有任何宗教观念的人心中，它也激发了人们的敬意；与此同时，它在选举争议中所扮演的角色则完全不同，它几乎成了弄虚作假、徇私舞弊、滥用权力的代名词。

实际上，自第二次世界大战以降，投票已成为强制性要求，而各类宗教福利院成了天主教民主党的重要选票储备地，因此，每次都有痴傻者，或者即将去世的老人，抑或由于动脉硬化而瘫痪在床的人以及缺乏理解能力的人被带去投票。在这种情况下，既滑稽又可怜的趣事层出不穷：有的选民吃掉了选票，有的选民拿着选票站在投票的格子间里，自认为是在厕所里，于是就用选票解决了生理所需，而痴傻者中最具学习能力的则鱼贯而入，同时用合唱的方式重复着名单的序号和候选人的名字："一二三，夸德雷洛！一二三，夸德雷洛！"

阿梅里戈对此了然于心，他既不好奇也不惊讶，他知道悲伤且紧张的一天在等待着他。根据市政厅发放的工作签到卡上标明的指示图，他透过雨雾寻找着福利院的大门。他有种跨越世界边界的感觉。

该机构盘踞在几个人口稠密且贫穷的社区之间，占地面积庞大，堪比一个社区，包括若干幼儿园、医院、福利院、学校和修道院，几乎是一座城中城，四周围墙高筑，且制定有若干规章。机构轮廓呈不规则形状，这是一个通过不断遗赠、建设以及在接二连三的倡议下逐渐扩大的躯体：可以看见高墙之内的屋顶和教堂的哥特式尖塔，树冠和烟囱。道路将建筑群分割开来，空中走廊又将它们连接——就像有些老旧的工厂一样，是出于实用性而非美观性建造的——墙壁裸露，栅栏紧闭。建筑群对工厂的记忆不仅仅反映在外部，它们还必须具有与大企业创始人别无二致的实践才华和主创精神，只是这种才华与精神体现在扶弱济困上，而不是生产和利润上。也正是这种才华与精神激励了那位天性单纯的牧师在1832年至1842年间，克服重重困难与误解，创立、组织并管理起这座具有新兴工业革命之规模的慈善丰碑。对他来说，他的名字——那个温厚的乡村姓氏——用来命名这个享誉世界的机构之后就失去了所有的个人含义。

……然后，在粗暴的民间俚语里，这个名字经过翻译就变成了一个嘲讽性的称谓，意为白痴、蠢货，根据都灵的习俗，甚至被简化为"科托"。因此，"科托伦戈"这个名字，在本来不幸的形象上附加了荒谬（此类事情在疯人院和监狱里也时有发生），同时它也是慈善救助和强大组织力量的代名词，现在，随着选举的到来，它还夹带了愚民政策、中世纪、恶贯满盈等诸多形象……

所有含义彼此交织。墙上的那些海报被雨水浇湿了，突然变得模糊不清，仿佛它们的侵略性都随着最后一晚的集会和进攻者的战斗而偃旗息鼓了，而前天，它们已经退化为胶水与劣质纸张混合的旧色斑驳。一层层浸透的纸张下，诸多对立党派的标志隐约可见。对阿梅里戈来说，事物的复杂性有时就像洋蓟的叶子，层层叠叠，清晰可分，有时又如同一团糨糊，黏黏糊糊，意义不明。

意大利统一以来这一段历史刚刚满一个世纪，不过已满是沉疴宿疾。即使他自称"共产主义者"（以及今天拂晓他按照党组织指示而行进在犹如海绵一样湿漉漉的道路中），他也不清楚科托伦戈这一世代相传的形式能走多远（阿梅里戈带着些许讽刺和些许严肃，看到在那些教堂的墙壁之间，在十八世纪理性主义的最后一位匿名继承人的角色中，哪怕是那些遗产中的一小部分也从未给这座囚禁了贾南诺的城市带来好处），以及通往下一段历史的出口还有多远。社会主义无产阶级的前进（当时是通过"资产阶级内部矛盾"或"阶级危机的自我意识"取得的进步，阶级斗争如火如荼，甚至惊醒了曾经的资产阶级分子阿梅里戈），或者更确切地说，最近四十年，主要体现在阶级斗争上。共产主义已经成为一种国际力量，革命已经做好准备。（因此，这场角逐也吸引了阿梅里戈，尽管其中许多规则似乎是制定好的却又晦涩难懂，让人捉摸不透，但很多人有参与其中并建立了这些规则的感觉。）在参与共产主义的过程中，他总是一丝不苟，选择那些最为平凡普通的党派任务，因为他认为这些最有用，并且在这些方面，他总是做好最坏的打算，即使在他秉持的（另外的通用术语）悲观主义（这种悲观部分源于世袭，这种忧郁的家庭氛围让世俗的少数意大利人与众不同，每当获胜时他都会意识到他输了）的情况下，也要保持镇定，但又始终服从于更强烈的乐观主义，如果没有这种乐观主义，他就不会成为共产党员（所以首先要说的是：少数意大利人世袭乐观主义，他们相信他们每次输的时候都赢过；也就是说，乐观主义和悲观主义即使不是一回事，那也是洋蓟叶子的两面），与此同时，与之相反的是意大利古老的怀疑主义、相对意识、适应能力和期待能力（也就是那些少数人的古老敌人，然后一切都变得错综复杂，因为那些与怀疑主义交战的人不能对自己的胜利持怀疑态度，不甘心于输掉，否则他们就会变得跟他们的敌人一模一样），而最重要的是，终于明白了本不需要很长时间就能明白的问题：这只是广袤无垠的世界的一角，事情覆盖面广泛，我们不说别处，因为别处无处不在（甚至在这种情况下，也有悲观主义和乐观主义的参与，但前者更自发地跃入人们的脑海）。

03

要将一个房间（通常是学校的教室、法院的审判厅、健身房的食堂大厅或者市政府的任何一间办公室）变成选举区，只需要几样陈设：刨木板做的无漆屏风用作投票的格子间，粗糙的木箱当作票箱，选举材料（登记表、选票袋、铅笔、圆珠笔、火漆棒、细绳、胶带）以及几张特殊摆放的桌子。选举材料在设立选区时已由主席保管，而桌子已经摆放到位。总之，没有丝毫装点，石灰墙壁，毫无特色可言；而所有陈设更为简陋寒酸；桌子旁的这些公民，主席、秘书、监票员以及可能列席的名单上的代表，也都面无表情，丝毫显示不出他们的职务。

当选民开始入场，一切都瞬间焕发出活力：与之同时涌入的是千姿百态的生命力。这些家伙各具特色，其手势要么极其笨拙要么极其迅疾，声音要么震耳欲聋要么细如蚊蝇。但有那么片刻，选举委员会的成员原本各自在静默地数铅笔，都猛地心头紧缩。

尤其是阿梅里戈所在之处：这一选举区的房间——科托伦戈内部设置的众多房间之一，因为每个选举区都聚集了约五百名选民，而整个科托伦戈的选民有成千上万人——平时是会客室，用来招待前来探望患者的家属，周围摆放着一些木制长条板凳（见到此情此景，一些简单的画面涌现在阿梅里戈的脑海：来自农村的父母翘首以待，装有水果的篮子，悲伤的对话），高高的窗户面向一个形状并不规则的院子，院子两边有亭子和拱廊，有点像军营，也有点像医院（几个五大三粗的女人推着推车和垃圾桶，她们穿着很久以前农妇穿的那种黑色裙子，围着黑色的羊毛披肩，戴着黑色的宽边帽子，系着蓝色的围裙。她们在细雨中疾步如飞。阿梅里戈仅仅瞥了一眼窗户，就将视线移开了）。

他不想让自己被环境的惨淡裹挟，于是他专注于选举工具的惨淡：那些文具，那些标语牌，选举规定的官方手册。对手册中的所有疑问，他早就请教过主席。他在选举开始之前就已经无比紧张，因为这对他来说是一种富有的惨淡，其中充满了符号和意义，尽管它们彼此之间可能针锋相对。

民主披着如此寒酸、暗淡、毫无装饰的外衣展现在市民面前。阿梅里戈突然觉得，这是崇高的，因为在意大利，人们一贯屈从于富丽堂皇和雍容华贵；最后，在他看来，这是诚实与简朴的道德训诫，以及对法西斯主义者、那些自以为是者无声的永久报复。那些自以为是者认为，可以因其惨淡的外表和简陋的统计方式而鄙视民主，现在他们带着他们所有的流苏和蝴蝶结跌入尘埃，而民主，仅以几张折叠得像电报一样的纸片和握在长满老茧或颤抖的手里的几支铅笔作为朴实无华的仪式，继续前行。

在这里，他的周围还有其他选举委员会成员，（似乎）大多数人都是按照罗马天主教行动会的建议而招募的，但（除了阿梅里戈之外）还有几位共产党员和社会党人（不过他还没有分辨出是哪几位），他们共同投身于公共服务，投身于理性的世俗服务中。在这里，他们正在努力解决一些细枝末节的问题：如何将部分在其他选区注册的选民记录进来，如何根据最后一刻才收到的"死亡选民"名单重新计算已注册的选民数量。在这里，他们现在正在用火柴熔化火漆棒来密封投票箱，然后他们不知道该如何裁掉过长的细绳，于是他们决定用火柴烧掉多余部分……

通过这些活动以及对他们各自临时职务的认同，阿梅里戈开始重新认识民主的真正意义，并意识到它存在自相矛盾之处：神圣秩序的信徒们相信权威并非来自这片土地，而他的战友们都非常清楚资产阶级对这间陋室实施的欺骗。

其中有两位女性监票员。一位身穿橙色毛衣，红彤彤的脸上长满雀斑，约莫三十岁，似乎是工人或职员。另一位大约五十岁，身穿白色上衣，胸前别着一枚肖像纪念章，可能是一名寡妇，具有小学教师的气质。阿梅里戈现在决定以最美好的眼光来看待一切，他暗想：谁承想仅仅几年时间，妇女就享有公民权利了？似乎一代又一代的母女，除了准备选举，从未做过任何其他事情。此外，她们更擅长处理琐事，能够弥补男性在这方面的不足。

顺着这个思路往下想，阿梅里戈开始感到满足（撇开选举的黯淡前景，撇开在福利院设立投票站，在福利院他们都无法举行集会，无法张贴海报，也无法出售报纸），似乎现在一切都很美好，似乎在国家和教会的古老斗争中，这已经成为胜利，成为一个具有公民责任的世俗宗教对抗……

对抗什么的胜利？阿梅里戈环顾四周，仿佛在寻找对立力量、对立面的有形存在，但他再也找不到立足点，再也无法从此处环境中找到相对立的事物。在他到达此处的一刻钟内，无论对省政府、警察局还是对伟大的慈善事业来说，此处事物和场所已经变得同质化，成为一处独有的、平淡无奇的行政灰色地带。犹如有人跳入冰冷的水中，他会努力说服自己跳水的乐趣就在于冰冷的感受，然后游动起来，在自己体内找到温暖，同时又感受着水的敌对与刺骨的冰冷。所以，阿梅里戈经过一系列心理活动将选举站的惨淡转化为宝贵的价值之后，又回到原点，第一印象——环境的陌生感与冷若冰霜——才是正确的。

那些年里，阿梅里戈这一代人（或者更确切地说，以特定方式生活在1940年之后那段时间里的他这一代人）发掘了一种至今尚且陌生的对策：怀旧。因此，他开始回忆，将眼前的景象与意大利解放后的氛围进行对比。回首那几年，他觉得最鲜活的记忆就是全民参与政治，参与当时的大大小小的问题（这是他们现在的想法。那时，他曾像其他人一样生活在自然的氛围中，有过喜悦，也因某些不顺而有过愤怒，却从未想到它可能被理想化）。他回想当时人们的面貌，他们似乎一样贫穷，全都投身于全民事业，摈弃私人事务。他回想各党派的临时办公场所，那里充满了烟雾、油印声、人们的吵闹声，他们穿着大衣，争先恐后地参加各种志愿活动（这是千真万确的，只是到现在，若干年之后，他才开始回望这些，把它们生成图像，变成神话）。他想，只有新生的民主才有资格称为民主。那正是他刚刚在惨淡中寻找却没有找到的价值。因为那个时代已经结束，官僚制国家的阴影逐渐卷土重来，跟法西斯统治期间和之后那段时期如出一辙，管理者与被管理者之间出现分裂。

现在开始的投票活动将会（唉，阿梅里戈对此十分肯定）继续加大阴影覆盖面，加速分裂，与记忆中的画面渐行渐远。于是那些原本既浓厚又苦涩的记忆变得越来越纯美，越来越理想化。因此，科托伦戈的会客室是当下的理想场所，造成这种环境的进程不是正与民主所遭遇的进程类似吗？最初，（在贫穷无望的时代）这里也肯定充满了畏天悯人的温暖（阿梅里戈不想否认，也许现在，在与世隔绝的个体和环境中温暖依旧存在），救助者与受助者之间应该塑造出了另外一种社会的形象，他们重视的是生命，而不是利益。（阿梅里戈，与历史主义学派的诸多信徒一样，他近乎执拗地认为，他能够从自己的角度理解和欣赏宗教生活的各个时刻及各种形式。）但是现在，这一巨大医疗救助机构的设备肯定已经过时，无论它是否能很好地履行职能和提供服务，它都以生产选票的方式变成了生产单位，这是在创立之初没有人能够想象得到的。

因此，难道万事万物最值得珍视的只有它开始的那一刻，在那一刻，所有的能量蓄势待发，在那一刻不论其他，只为未来？难道所有机构进行正常管理，例行常规工作的时刻还没有到来？

或者……或者重要的不是机构老化,而是人类意志和需求不断变化,不断给所用工具带来新情况?在这里,人类的意志和需求集中在选举区(根据规定,现在只差将三张海报在视线可及之处贴好:一张是法律条款,另两张是候选人名单),这些陌生的、甚至是来自对方阵营的男男女女一起工作着,还有一名修女,也许是修道院院长在一旁协助(他们问她是否有锤子和钉子),几个穿着格子罩衣的女患者好奇地探头探脑。"我去拿!"一个大头女孩说道,她笑着从女伴身边跑开了,回来时手里拿着锤子和钉子,然后搬来一条长凳。

刚刚她冲到院子里,在雨中手舞足蹈,似乎这是一场竞赛。看那兴奋的劲头,似乎把选举看作一场不同寻常的聚会。否则这是什么呢?仔细贴好白床单(海报以白纸为底,即使上面写满黑字,也没有人看)一样的海报,聚集起一群市民,这些人肯定都"参与了生产活动",还有几个修女,几个只见识过葬礼景象的女孩。这是什么呢?现在,阿梅里戈在这步调一致的忙碌中感受到了一种假象:从选举委员会这些人来看,这是一项任务,就像在服兵役期间,你要克服遇到的重重苦难,而你对它的目的则茫无所知;从那几个修女和女患者来看,她们似乎在挖战壕,用来对付敌人,对付来犯者。而混乱的选举活动恰恰是战壕,是防御工事,但总之,也是敌人。

于是,当选举委员会成员在空荡荡的大厅就座之后,外面第一小队已经集结完毕,全是想要赶紧投票的人。警卫放第一批人进来,他们都十分清楚自己要做什么,但同时也感到十分荒谬。

这第一批选民是些老年男性——患者，福利院的工匠或者是正在住院的福利院工匠，几名修女，一名牧师，几位老年妇女（阿梅里戈已经开始觉得这里与其他选举站没有太大区别）。似乎各种暗流涌动都选择以最令人安心的方式展现出来（对其他人来说，令人安心，因为他们期待通过选举确立旧时旧事，对阿梅里戈来说，则是压抑的常态），但是没有人（其他人也没有）感到安心，所有人都在等待着从那些看不见的幽暗处冒出一个希望，抑或是一个挑战。

选民的队伍中断了，然后有脚步声传来，听起来似乎步履蹒跚，又似乎在打拍子，选举委员会的成员齐齐看向门口。一个极矮极矮的女人坐在凳子上，出现在门口。或者说，不能称之为坐，因为她没有把双脚放在地上或悬在半空，也没有盘着腿。她没有腿。凳子很矮，很小，呈四方形，遮掩在裙子下。在女人的腰部和髋部以下似乎什么都没有，只有两条笔直的凳子腿露在外面，犹如两条鸟腿。"请进！"主席喊了一声，那个小女人开始往前移动，或者说，她向前扭动了一下一边的肩膀和髋部，凳子便斜着向这边移动了一下，随后她又扭动了一下另一边的肩膀和髋部，凳子便像圆规一样向前画了四分之一圆。于是她就像焊接在凳子上一样，踉踉跄跄地穿过长长的大厅，来到桌前，掏出了选举证。

人对任何事的适应速度都比想象的要快。看科托伦戈的患者投票也是如此。很快，对坐在桌子这边的人而言，这似乎是再平常不过的一幕。但那边，打破常态，层出不穷的例外依旧在选民中弥漫。这与选举本身没有任何关系：对此又有谁知道呢？他们顾虑的似乎首先是他们要进行的非同寻常的公共表演，他们是隐秘世界的居民，从未准备在陌生人，在未知秩序代表的凝视下扮演主角；有些人遭受着精神和肉体上的双重痛苦（病患躺在担架上，跛脚者和麻痹症患者拄着拐杖）；另一些人则趾高气扬，似乎他们终于意识到了自己的存在。阿梅里戈自忖：那么，在这强加于他们的自由假象中，是否有真正的自由的火花闪现？是否有真正的自由之兆？抑或只是一时的幻想，他们只是在这儿走个过场，出现一下，报一个姓名？

列队走进大厅的是一个隐秘的意大利，与在阳光下恣意放纵的那个意大利截然不同，它不曾在街头走动，不曾有需求，不曾进行生产活动与消费，它是诸多家庭与村镇的秘密，也是（也不仅仅是）地位卑贱的穷乡僻壤，是在黑暗的马厩中的乱伦结合，它是绝望的皮埃蒙特大区，它总是紧紧跟着那个高效且严谨的皮埃蒙特大区，如影随形，当血液中汇集了被无名先人们遗忘的所有邪意时，它还是（也不仅仅是）某些种族的终结，梅毒如过错一样悄无声息，酗酒仅仅被视作（但不仅仅是，但不仅仅是）天堂，它是构成人类的生命物质每次繁衍时都要经历的风险，它是因新的诱惑、病毒、毒药、铀辐射等等的数量增加而疯狂增长的风险（像幸运轮盘赌一样，它可以根据概率来预测）……随机性统治着人类的世世代代，人类之所以被称为人类，也是因为随机性……

如果不是随机性的话，那是什么让阿梅里戈·奥尔梅亚成为一位有责任感的公民，有觉悟的选民，民主权力的参与者，而非成为桌子另一边的，比如说那个傻笑着走过来，仿佛在玩乐的白痴？

走到投票委员会主席面前，那个白痴突然立正站好，行了个军礼，然后出示证件：身份证，选举证。一切井井有条。

"很棒！"主席赞道。

白痴拿起卡片、铅笔，再次脚后跟并拢，立正站好，行军礼，然后坚定地朝格子间走去。

"这些才是真正的选民。"阿梅里戈大声说，尽管他意识到这是个无聊至极且俗不可耐的笑话。

"可怜的人啊，"穿白色上衣的女监票员说道，"不过，他们很幸福……"

阿梅里戈很快想到耶稣的登山宝训，想到对"精神贫穷者"一词的各种解释，想到残害痴傻之人和畸形之人的斯巴达人和希特勒；他还想到基督教传统和1789年《人权宣言》里的平等概念，随后想到一个世纪以来为争取普选而进行的民主斗争，以及反对反动论辩的论点，还想到教会由敌对到赞同的态度转变；想到现在有了"《欺诈法》"这一新的选举制度，它赋予那个可怜白痴的投票权比他的还大。

但是，这是否含蓄地意味着他自己的选票优于那个白痴的选票，那岂不是等于承认旧的反平等言论有其合理的一面？

早在"《欺诈法》"之前，陷阱就已经被触发了。经过长期的反对之后，教会考虑到所有人的公民权利平等，进行了概念替换：贫穷且受到感染的肉体，以及上帝仍然可以用恩典进行拯救的肉体，取代了作为历史主角的人。在全知与永恒面前，白痴和"有觉悟的市民"是平等的。历史回到了上帝的手中，启蒙运动的梦想在看似胜利时就被扼杀了。监票员阿梅里戈·奥尔梅亚觉得自己如同被敌军俘虏的人质。

几位监票员自发分工合作：一个负责在名册上寻找名字，一个负责将名字从名单上勾掉，一个负责检查证件，还有一个负责将选民指引到空的格子间。他们之间很快就形成了自然的默契，迅速地处理着这些工作，一切井然有序。此外，他们还联手对付主席。主席上了年纪，做事犹如老牛拉破车，还总是担心犯错。微不足道的小事就足以让他惊慌失措，驻步不前，需要所有人联合起来向他施压，逼他做出决定。

但是，除了这种实际的工作划分之外，他们还形成了另一种形式的划分，彼此针锋相对。第一个发难的是穿着橙色毛衣的女监票员。一位老妇人挥舞着展开的选票从格子间走出来，女监票员因此十分激动："选票无效！她的选票内容泄露了！"

而主席则说他什么都没有看到，他朝着老妇人说道："你到格子间把选票折好。乖！"他又转向女监票员："要有耐心……要有耐心……"

"法律就是法律。"女监票员丝毫不肯让步。

"如果没有恶意，"一个戴着眼镜的瘦高监票员说，"我们就睁一只眼闭一只眼……"

这时，阿梅里戈本想说"我们在这儿就是为了睁大眼睛"，他想支持穿橙色毛衣的女监票员，但他却想眯上眼睛，就好像患者的队伍具有催眠能力，使他成了另一个世界的囚徒。

对他这个外人而言，这支队伍整齐划一，其中大多数是女性。阿梅里戈努力地分辨着其中的差异：穿格子罩衣的，穿黑色罩衣且戴着帽子围着披肩的，而穿白色、黑色或灰色衣服的是修女，有的住在科托伦戈，有的则似乎是从外面专门来参加投票的。对他而言，她们都是同一场比赛的队员，都是永远虔诚的信徒，她们的投票方式都毫无差别，如此等等。

（突然他想到一个世界，那里再也没有美的存在。他认为那种美是女性的美。）

这些女孩梳着辫子，可能是福利院收养的孤儿或弃儿，她们注定要在这里度过一生。分不清是因为她们的智力发育有些迟缓还是因为她们一直住在这里，即使三十岁了她们也依旧带着孩子气，似乎她们将直接从童年变成老年。尽管她们如同姐妹般相似，但每个小组中总能区分出一个最优秀的，她会竭尽全力向其他女孩解释如何投票，而对于那些没有证件的人，她会按法律要求去签名以证实她认识她们。

（想到要在这些迟钝的生物中耗掉一整天时间，阿梅里戈感到对美有强烈的需求，于是他集中精力去想他的女伴莉亚。现在他想起莉亚的皮肤、肤色，尤其是她身体的最大亮点：她的背部呈弓形，白净柔滑，肌肉紧绷，臀部翘起，曲线优美。现在他觉得他沉浸在遥远的失落的世界之美中。）

一名"优秀姑娘"已经为四名同伴签了名。又来了一名没带证件的人，穿着一身黑，阿梅里戈不知道她是不是修女。"您认识其他人吗？"主席问道。她惊慌失措，说她谁也不认识。

（我们对美的这种需求究竟是什么？阿梅里戈很纳闷。是后天性，条件反射，还是一种语言习惯？那么形体美本身是什么？是一个动作，特权，还是命运的不合理表现，比如，就像她们中的一些人，丑陋，畸形，残缺？还是我们设想的一种不同以往的模式，一种历史的而非自然的模式，一种对我们文化价值的投射？）

主席不肯放弃："您看看周围是否有认识的人，可以为您证明？"

（阿梅里戈心想，他本来可以在莉亚的怀抱里度过周日，而不是待在这里。但现在看来，他的遗憾似乎与他的公民义务并不矛盾，公民义务让他成为一名监票员，但世界之美也确实不会徒劳地流逝，它是历史，是文明工程……）

黑衣女人茫然地四下张望。这时，"优秀姑娘"跳出来说："我认识她！"

（这是希腊。阿梅里戈心想。但是，将美置于过高的价值等级难道不是朝着非人文明迈出的第一步吗？这种非人文明会宣判将畸形扔下悬崖。）

"这里就没有那个女孩不认识的人!""橙色毛衣"那尖锐的声音响起。"主席,请您问问她是否知道她的名字。"

(现在想起他的朋友莉亚,阿梅里戈觉得他不得不向这个缺乏美的世界道歉。对他而言,这个世界已经成为现实,而记忆中的莉亚显得不够真实,影影绰绰。现在,整个外面的世界都变得影影绰绰,雾气弥漫,而这个世界,科托伦戈的世界,成为他的全部,似乎是唯一的真实。)

"优秀姑娘"已经走到近前,拿起笔准备在登记表上签名。"您认识她,她是卡米娜提·巴蒂丝缇娜,对吗?"主席一口气说完,而那位立刻接上:"对,对,卡米娜提·巴蒂丝缇娜。"然后落笔签名。

(阿梅里戈心想:如果人类的进化对史前大洪水或某些瘟疫做出了不同的反应,那么科托伦戈这片天地将是这世上唯一的世界……现在,哪还会有人说他们是完全畸形世界中的残废、白痴和畸形人?)

"主席!这算什么认识?您把名字告诉她了!""橙色毛衣"勃然大怒。"请您试着问问卡米娜提是否认识另外的人……"

(阿梅里戈思索着:如果核辐射真的能够损害决定物种特征的细胞,那么进化可能会走上另一条路。人类仍将世世代代生活在这个世界上,只不过对我们而言,他们是怪物,而对他们而言,他们才是人类,他们存在的方式是人类唯一可能的存在方式……)

主席已经开始犯迷糊了:"嗯,您认识她吗?嗯,您知道她是谁吗？"没人知道他在跟谁说话。

"我不知道，我不知道。""黑衣服"支支吾吾，惊恐万分。

"我当然认识她了，她去年住在圣安东尼奥楼，对吧？""优秀姑娘"转脸朝着"橙色毛衣"，发出了抗议。而"橙色毛衣"则反驳道："那您让她说说您叫什么名字！"

（阿梅里戈心想，如果科托伦戈是这世上唯一的世界，没有以做慈善为由对它进行统治、欺压和侮辱的外部世界，那么也许这个世界也可以成为一个社会，书写属于自己的历史……）

瘦高监票员也加入了反驳"橙色毛衣"的行列："她们生活在这里，天天见面，所以她们肯定认识，这有什么不对吗？"

（我们要记得，人类还有另外一种存在可能，就像童话故事所言，巨人的世界，奥林匹斯山……发生在我们身上的事情是：与这种被遗忘的人类存在可能相比，我们才是残废、畸形人，只是我们没有意识到这一点……）

"如果说不出名字，那就是无效的！""橙色毛衣"咬住不放。

（科托伦戈可能是这世上唯一的世界，而且这一可能性如同大海，越发汹涌，势将阿梅里戈吞噬，而阿梅里戈越发拼命挣扎，不想被淹没其中。美的世界如同海市蜃楼，消逝在可能真实的地平线上，而阿梅里戈为了再看一眼虚幻的海岸，他仍然努力游向海市蜃楼。在他面前，他看到了莉亚，她在海面仰泳。）

"当然，如果我是这个选举站唯一要求投票合法的人的话……""橙色毛衣"说着，失望地环顾四周。其他监票员看着他们面前的文件，却又并不是忙碌的样子，仿佛他们只是试图推开问题，同时又以心不在焉且稍带烦躁的态度无声地反抗着。阿梅里戈在这儿本来是要给她提供最有力的支持，他现在也神游着，思绪飘向远方，如在梦中。而在他清醒的一面中，他思索着，反正不管怎样，这些人仍然能让任何没有证件的人参加投票。

得到瘦高监票员的支持，主席一改犹豫不决的样子，又有了底气："对我而言，这种认可是有效的。"

"我可以把我的反对意见记录在案吗？""橙色毛衣"问道，但是将争议作为疑问提出来就已经是认输了。

"没有必要记录在案。"瘦高监票员答道。

阿梅里戈转到桌子后面，经过"橙色毛衣"身后时轻声说道："冷静点，同志，我们要等待。"女人疑惑地看着他。"不值得在这件事上坚持。会等到时机的。"女人安静下来了。他继续道："我们要揪出一个具有普遍性的案例。"

06

一时间，阿梅里戈对自己、对自己的镇定和自控力感到很满意。他在政治上的行为准则与在其他事情上是一样的：不相信热情，这是天真的代名词，也不相信宗派怨恨，这是不稳定、软弱的代名词。这种态度与他所在党派的战术习惯一致。因为他在掌控外部环境和敌对环境时，这种战术可以在心理上为他保驾护航，所以他深谙此道。

但是，回想一下，他这种等待时机、不干预、瞄准"普遍性的案例"的想法，难道不正是由他这种无能为力的感觉和喜欢放弃的性格导致的？归根结底难道不是他的懒惰所致？阿梅里戈感到灰心丧气，不愿采取任何主动。合理反抗违规行为和欺诈行为的斗争尚未开始，所有的痛苦就已经如雪崩般落在他身上。他们用上所有的担架和拐杖，争分夺秒地要所有活着的、垂死的甚至是已死之人参加完这场全民投票。雪崩势不可当，根本不是手握尺寸之柄的监票员可以阻挡的。

他来科托伦戈干什么？就是为了维护选举的合法性！一切必须从头开始：必须首先质疑语言和制度的意义，以确保最无自卫能力之人的权利，确保他们不被人当作工具和物件利用。今天，在他们汇聚之地，在科托伦戈的选举中，人们误以为表达了大众意愿，但其合法性似乎遥不可及，以至于除非发生灾难性事件，否则无法唤起其合法性。

置身于极端主义之中，就像跌入真空，他感到身陷涡流，无法自拔。而且，因为极端主义的存在，他能证明意志薄弱和懒惰是正确的，他就能立即放下良知：面对像这样的麻烦，他能如瘫痪般纹丝不动且沉默不语，因为在这些事情里，要么完好无损要么灰飞烟灭，要么被铲除要么被吸纳。

在反抗中，阿梅里戈如刺猬般缩成一团。这种反抗更接近于贵族的蔑视，而不是狂热的党派主义对立。并且，与他同一阵营的其他人的亲密感并没有给他带来力量，反而让他厌恶，比如他对"橙色毛衣"的做法感到反感，几乎害怕自己与她一样。于是，他的思绪飘向了一种可能性，这种可能性如此灵活，以至于可以让他以对手的眼光看清先前鄙视他的事物，然后回过头来更加冷漠地体验他的批判理由，并做出明确判断。此时，他不仅表现出对众人的宽容和执着精神，还需要具有优越感，能考虑到可能想到的方方面面，甚至包括对手的思想，能够对一切进行综合概括，能够随时随地看到历史的蓝图，因为这应该是真正的自由主义精神的特权。

那些年间，意大利共产党额外肩负了很多任务，其中还包括了一个从未存在过的、理想的自由党派的任务。所以，一个意共党员的心中装着两个人：一个毫不妥协的革命者和一个喜好竞争的自由主义者。

这是不是一个迹象，意味着如果放任自流的话，阿梅里戈与许多像他一样的人的真正本性将是自由主义者的本性，而实际上只有在认同他人的过程中，他才能被称为共产主义者？对阿梅里戈而言，自问这个问题就意味着自问个人身份的本质（如果存在的话……），而不是决定它的外部条件。他认为，将那些不同的金属焊接到他以及像他一样的许多人身上的是"历史的任务"，也就是他们之外的一团火（超越了个人，却具有他们所有人的弱点）……

即使在选举区，那团火也在跳动，尽管很微弱，但渐渐地，在主席台的每个人身上都发现了这团火，只是强度和温度因人而异，体现了他们各自的特点，阿梅里戈的心绪起伏，"橙色毛衣"的不耐烦（他一得知她是一名社会党党员，他们就可以躲到一旁谈话了），年轻的瘦高天主教民主党党员的需求，他相信自己身处饱受敌人威胁的前线（事实并非如此），主席由于缺乏对制度的信念而产生忧虑的形式主义，而对于身穿白色上衣的女监票员（她从未错过向同事表示异议的机会），她需要在不顺从的言行中感到自己有理有据且受到保护。

至于主席台上的其他人（大抵全是天主教民主党党员），他们似乎只关心如何消除分歧：所有人都知道在这里只有一种投票方式，对吗？那又何必口沸目赤，自找麻烦呢？无论是敌是友，只要平静地接受事实就好了。

即使在选民中，人们对他们正在做的事情也各有考虑。对于大多数人而言，投票行为只在良心上占据极小的位置，它只是在印刷品上用铅笔打一个钩而已，这是他们在认真学习之后必须做的事情，就像学习在教堂中如何表现，或者如何整理床铺一样。毫无疑问，他们只能这样做，他们将精力集中在实际执行上，而这种执行本身（特别是对残疾人和落后者而言）将会花掉他们的全部精力。

而另一些人更为激动，或许是因为他们接受教育的方式不同，对于他们而言，投票似乎是在危险和欺骗中进行；一切都是怀疑、冒犯、恐惧的原因。特别是某些穿白色衣服的修女，她们极为厌恶有污点的卡片。一位修女走进投票间，在里面停留了五分钟，然后没有投票就出来了。"您投票了吗？没有？为什么？"修女打开原封未动的卡片，指着上面一个颜色或深或浅的点。"脏了！"她疾言怒色地向主席发出抗议，"给我换一张！"

表格印刷在普通的绿色纸上，纸张由颗粒状的纸浆制成，里面充满杂质，印刷所用的油墨洇得到处斑斑点点。现在众所周知，每次这些修女来参加投票时，拒绝填写选票的情况就时有发生。她们不相信这仅仅是纸的缺陷，不会导致选票无效。主席越是坚持，修女就变得越发固执。一位来自撒丁岛皮肤黝黑的年老修女甚至变得怒不可遏。当然，关于这些斑点，不知道何人别有用心地叮嘱过她们：要十分小心，投票站有些人故意将修女的选票弄脏，以便使她们的选票作废。

正如我们所见，这些修女吓坏了。为了让她们不再无理取闹，主席台前的各位空前团结。主席和瘦高监票员最生气，因为他们感觉被怀疑，被视为奸诈的敌人了。他们两人跟阿梅里戈一样，也想知道那些人对这些可怜的女人说过什么才把她们吓成这样，他们是如何威胁她们的，难道是告诉她们一票之差就能让党派的胜利来临。关于信仰的战争在主席台前闪现，然后消失于无形：行动迅速恢复了正常，依旧是令人昏昏欲睡的官僚主义过程。

07

现在，在主席台成员的分工中，阿梅里戈承担着检查身份证件的任务。成群的修女前来投票，先是白色衣服，然后是黑色衣服。她们几乎都拿着证件，井然有序，证件是前几天才发放的，簇新簇新的。在选举前的几周内，户口登记处的工作人员不得不夜以继日地工作，以确保整个宗教界投票合法合规。摄影师们也同样忙得马不停蹄：一张张证件照不断递到阿梅里戈眼前，所有照片上只有黑白两色。所有的脸庞都框在白色的包头巾内，外面罩着黑色的三角形头纱，白色的包头巾垂在胸前，在黑色头巾的遮盖下形成一个梯形。应该这样说：要么为修女拍照的摄影师是一位伟大的摄影师，要么所有修女都非常有镜头感。

修女服这种鲜明形象和谐统一，并且所有的面孔都十分相似，自然且宁静。阿梅里戈意识到，检查修女的证件对他而言是一种精神休息。

仔细一想就会觉得很奇怪：在证件照中，百分之九十的情况下，拍照人会瞪大眼睛，面部肿胀变形，扯出一个生硬的微笑。至少他自己就是这样。现在，查验身份证件时，他发现照片中的人面部紧绷并且摆出一副极不自然的表情。他意识到，自己在面对能将人变成物的镜头时极其不自在，与自己缺乏距离感，表现出神经症，以及在面对生者的照片中显示死亡征兆时，他表现出不耐烦。

但修女们完全不是这样：她们面对镜头时，似乎那张脸不再属于她们，这样，她们拍出来的照片便十分完美。当然，并不是所有人都如此（现在，阿梅里戈就像占卜者一样解读着修女的照片：他能够从中认出那些仍然被尘世野心束缚的修女，被嫉妒左右的修女，被尚未熄灭的激情感动的修女，为自己和命运而战的修女）：她们必须跨越那道门槛，忘记自己，然后由照片记录下内心平和与至福的一瞬间。这是至福存在的信号吗？阿梅里戈问自己，如果真的存在，那么应该去追求吗？如果追求至福，是否会像修女一样，有损于其他事物或其他价值？

或者是否会变得像那些完全的痴傻之人那样？在刚刚印制出来的身份证上，他们也非常上镜，看上去非常幸福。对于他们而言，拍照也不成问题，这是否意味着修女通过苦修而来的至福，对他们而言则是与生俱来的？

相反，那些比上不足比下有余的人，那些残障、无能、迟钝、神经质的人，那些生活困苦而又茫然无措的人，在照片中则呈现出一种折磨：他们脖子紧绷，脸上带着胆怯的微笑，尤其是那些女人，她们对优雅已经不抱任何希望。

他们用担架抬进来一位修女。那是一位年轻女子。奇怪的是，她很漂亮。但她打扮得好像已经死了，她的脸色与教堂里的油画一样毫无生气。阿梅里戈很希望自己不会被吸引，却一直盯着她看。他们把她抬进格子间，旁边放了一个高脚凳，这样她也可以进行投票。对阿梅里戈而言，她进了格子间，但证件还留在他的桌子上。他看了一眼照片，被吓坏了。照片上的女人拥有与她本人一样的面部轮廓，脸色如同井底溺水之人，在被拖入黑暗中时用眼睛尖叫着。他明白，即使她患病且躺着一动不动，她的内心全是拒绝与挣扎。

　　拥有至福真的幸福吗？还是焦虑一些更好？这种强烈的情感使得面部表情在摄影师的闪光灯亮起的瞬间僵化，使我们对自己的状态不满。阿梅里戈时刻准备应对极端情况，他本来希望继续交锋、战斗，但与此同时，要让自己的内心超脱一切，变得平静……他不知道自己想要什么，他只知道，他跟所有人一样，距离自己想过的那种生活非常遥远。

08

在科托伦戈的投票过程中，反对派监票员极少能够有效对抗滥用行为。例如，因为他们让白痴参加投票而大动肝火，并不会带来什么好结果，选民证件齐全，并且能够独自去投票间，你能说什么呢？你只能将他放行，也许只能寄希望于（但极少发生）他们没有完全教会他，他填错了，这样就多了一张无效选票。（现在，修女已经全部投票结束，轮到一群年轻人，他们面容扭曲，如同亲兄弟，穿着本该是非常讲究的衣服。他们排着队，如同在晴好的周日排队进城。人们对他们指指点点："快看'科托'。"）看到他们，穿橙色毛衣的女人也几乎欢欣鼓舞起来。

需要特别警惕的情况是，医疗证明授权半盲患者、麻痹患者或失去双手的患者由值得信赖的人（通常是修女或神甫）陪同进入格子间，帮他打钩。许多没有理解能力也没有任何需求的不幸者，即使他们看得见或拥有双手，原本也永远无法投票，有了这个巧妙的办法之后，他们都晋升为完全合法合规的选民。

在这种情况下，主席台上总会有些争议。例如，递上来一张视力大幅度减弱的证明，监票员就立刻可以制造出一堆麻烦。"主席，您看！他可以一个人去投票！""橙色毛衣"大喊，"我给他递铅笔，他立刻就伸手接住了！"

那是一个可怜的家伙，脖子因甲状腺肿而扭曲畸形。陪伴他的神甫虎背熊腰，面目凶恶，头上戴着一顶巴斯克帽，神情冷酷而功利，有点像卡车司机。他忙前忙后地引导选民有一段时间了。他一只手掌竖起，另一只手里拿着那张纸拍打着这只手掌："医疗证明。这个证明他看不见。"

"他看得比我还清楚！他拿了两张表格，他看得见那是两张！"

"难道您比眼科医生还专业？"

主席为了争取时间，假装刚回过神来。"怎么啦？这是怎么啦？"这就需要把事情从头给他再解释一遍。

"我们试试让他自己去投票间。"女人说道。甲状腺肿患者开始迈步。

"不行！"神甫出声反对，"如果他错了怎么办？"

"如果他错了，那是因为他根本就不会投票！""橙色毛衣"反驳道。

"可是您跟一个可怜的家伙生什么气呢？丢脸！"另一个女监票员"白色上衣"对她的同事说道。

该阿梅里戈登场了。"您是否可以证明视力……"

"证书有效？"神甫接过话。

主席将那张纸前前后后看了个仔细，就像在查验钞票。"是真的。是有效的……"

阿梅里戈反对："只有他说实话，证明才有效！"

"您真的看不见我们？"主席问甲状腺肿患者。甲状腺肿患者歪着脖子抬起头。他沉默不语，并开始哭泣。

"我抗议！他们恐吓选民！"瘦高监票员出声道。

"可怜的人啊！"老年女检票员说道，"人们会说你们没有同情心！"

"鉴于多数席位都同意……"主席说。

"我反对！""橙色毛衣"立刻说道。

"我也反对！"阿梅里戈紧跟着说道。

"这是要干什么？"神甫粗暴地对主席说道，似乎很生气，"他们要阻挠选民投票？主席，这您都不管吗？"

主席认为是时候失去耐心发发脾气了，这是一个既温柔又爱掉眼泪的人可以爆发出的最猛烈的怒火。"但是但是但是但是，"他说，"但是你们怎么就这么多事情！选民要投票，你们为什么不肯放行？你们为什么要阻止他一个人呢？他们一直在这里，这些可怜的人，他们从小就一直住在神意之家！现在，这些可怜的人想表达他们的感恩，你们却想阻止他们！他们想感谢那些对他们好的人！你们没有感觉到吗？"

"主席，没有人想阻止他们的感恩，"阿梅里戈道，"我们在这里举行政治选举。我们要确保每个人都可以根据自己的意愿自由投票。这与感恩有什么关系？"

"那您希望他们除了感恩之外还做什么？被众人遗弃的可怜

人！在这里，有爱他们的人，收留他们的人，教他们的人！他们有投票的意愿！他们的愿望比外面那些人的愿望还要强烈！因为他们知道什么是仁爱！"

阿梅里戈在心里捋了一下他们的想法，记下了他们的含蓄诽谤，（"好吧，他们的意思是，科托伦戈只有在宗教和教会的帮助下才可能实现，而共产主义者只知道破坏它，因而，不幸者的投票是对基督教慈善事业的捍卫……"）他很生气，同时他又以优越性来驳斥它（"他们不知道只有我们的事业才是完全的人文主义……"），只需一秒钟他就将诽谤抛诸脑后，就好像它从未存在过一样（"……而且将来有且只有我们能够组织起来比这高效一百倍的机构！"），但他嘴巴里说的却是："对不起，主席，这是一次政治选举，是在各党派的候选人中选出……""不要在投票站进行宣传！"瘦高监票员打断了他的话。阿梅里戈继续说道："……这不是投票赞成或反对科托伦戈，所以您说他们要感恩……那么他们要感谢谁？"

神甫原本一直垂着头听着，粗壮的双手撑在桌子上，同时巴斯克帽下的双眼斜睨着众人。这时他的声音响起："感谢上帝，我们的主，仅此而已。"

没有人再吱声。他们开始默默地行动起来：甲状腺肿患者在胸前画了个十字，年老的女监票员点了点头表示同意，年轻的女监票员不耐烦地抬了抬眼，秘书开始记录，主席开始检查清单，于是主席台上的众人开始各司其职。主席接受多数派的意见，允许神甫陪同甲状腺肿患者进入投票间。阿梅里戈和他的同伴将他们的反对意见记录在案。然后阿梅里戈出去抽烟。

雨停了。即使是在这荒凉的院子里,也闻到了泥土与春天的气息。墙上的几株藤蔓已经开花了。一个小学生在一道柱廊后玩耍,中间还站着一名修女。屋宇高墙之外响起一个拖长的声音,或许是喊叫声——是从那些"隐藏之人"的病房中传来的尖叫声和吼叫声吗?那些声音日夜不停地进行着自我讲述。那声长音没有再次响起。从一间礼拜堂的门口可以听到女声合唱。所有楼栋的一楼或二楼建起的选举区之间,人来人往。刻有圣徒名字的老旧匾额被熏得漆黑,匾额下印有黑色数字和箭头的白色牌子在柱子上格外显眼。市政守卫拿着装满文件的文件夹不时地经过。警察则两眼空空,无所事事。别的选举区的监票员也走了出来,跟阿梅里戈一样,点上一支烟,盯着天空。

"感谢上帝。"感谢不幸?阿梅里戈(对神学不熟悉)试图通过反思伏尔泰、莱奥帕尔迪(对天性善良与天意善良的争议)来消除紧张,然后自然而然地想到克尔恺郭尔,想到卡夫卡(承认一个人类无法理解的神，这太可怕了）。这里的选举，一不小心就变成了一种宗教行为。对于大多数选民来说，监票员对可能存在的选举舞弊行为的关注最终变为被形而上学的徇私舞弊所吸引，对阿梅里戈而言也是如此。由此来看，由此种情况的根本来看，即从政治、进步、历史来看（我们这是在印度），也许都无法想象人类每次为修改既定之事物而做出的努力，无法想象每次为了不接受生而注定的命运而做出的尝试；这些都很荒谬。（他想，这是印度，这是印度，他对找到了事情的关键而心满意足，但同时，他也怀疑自己的思索有些老生常谈。）

只能在政治上质疑这种残障人士的集会，以证明其反对人类的野心。这是神甫的意思：在这里，所有行为方式（甚至是投票选举）都以祈祷为原型，在这里完成的每项工作（那个小作坊里的工作，那间教室里的教学，那所医院里的治疗与照料）只有唯一一种可能的变体含义——祈祷，即成为上帝的一部分（阿梅里戈大胆定义），即接受人类的渺小，将消极情绪重新归结到总体考虑之中，所有损失都忽略不计，只认可能够证明灾难正当的未知结局。

当然，当我们说"人"时，是指"科托伦戈人"，而不是具备全部才能的人（现在对阿梅里戈而言，尽管不情愿，跃入他脑海的"人"的形象是雕像、强者、像普罗米修斯一样具有反抗精神的人、某些老旧党员证上的人），一旦承认这一点，最实际的态度就变成了宗教态度，也就是说，在自身的残疾和宇宙的和谐与完整之间建立了联系（这就意味着，从一个被钉在十字架上的人身上认出上帝?)。因此,进步、自由、正义只是那些身心健全之人(或者在其他条件下可以算作健全之人)的观念,也就是特权分子的观念,而非普遍观念?

"科托伦戈人"与健康人之间的界限已经模糊,我们比他们拥有更多的东西吗?我们肢体稍微完好一些,容貌比例稍微匀称一些,协调思想的能力稍微好一点……相较于我们和他们都无法知道和无法做到的很多事情,这些微不足道……相较于是我们建立起我们的历史的这个假设,这些都微不足道……

在科托伦戈的世界(在我们这个可能成为或已经成为科托伦戈的世界)中,阿梅里戈无法再遵循他选择好的道德路线(道德引导行动,但如果行动是无用的呢?)或审美路线(他在那些小型的圣母石膏像和圣人像之间走过,他想,人的所有图像都是古老的;与阿梅里戈同龄的画家们纷纷投向抽象艺术的怀抱,这并非巧合)。在他生命中的这一天,他要被迫考虑自然苦难的程度("还要感谢他们没有向我展示那些最聪明能干的……"),他感到脚下的一切变得虚空。这就是他们所说的"宗教危机"吗?

他想:你看,有人出来抽支烟,然后就产生了宗教危机。

尽管如此,在他这儿对某些事情还是产生了抵触情绪。准确地说,不是在他内心,不是在他的思维方式中,而是在他周围,在科托伦戈的人和事物中。梳着辫子的姑娘们拿着一筐又一筐的床单,脚步匆匆(阿梅里戈想,她们是去瘫痪者或怪物们的病房吧);痴傻者按队列行进着,指挥他们的是一个看上去比他们稍微通窍一点的人(他突然产生了浓厚的社会学兴趣,他想知道:

这些著名的"家庭"是如何组织的？）；院子的一角杂乱无章地堆满了石灰、沙子和脚手架，因为他们想盖一座分楼（他们如何管理遗赠物？资本支出、扩张、收入分别是多少？）。科托伦戈既是对做事无用的证明，也是对它的否认。

　　阿梅里戈心里的历史学家得到了喘息：无论是科托伦戈还是这些去换床单的修女，一切都是历史。（历史也许会在发展过程中停滞，陷入困境，甚至颠覆自身。）甚至这个残障人士的世界也可能变得不同，并且在另一个社会中，它肯定会变得不同。（阿梅里戈的脑海中只有些模糊的影像：明亮且超现代的疗养院，模范教学系统，报纸上的纪念照片，近乎瑞士般的超级纯净的空气……）

　　一切的虚荣与每个人所做的每件事的重要性都囊括在这所院落的围墙之内。只要阿梅里戈继续身临其中，他就会无数次面对相同的问题与答案。还是回选举区吧，烟已经抽完了，还等什么呢？"在历史上表现出色的任何人，"他力图得出一个结论，"即使世界是科托伦戈，他也是对的。"他又匆匆做了补充："当然，正确的人太少了。"

18

一辆庞大的黑色汽车驶进了院子。头戴贝雷帽的司机下车去开车门。一位男人下了车,他身材笔挺,一头花白的头发打理得一丝不苟。他身穿一件浅色雨衣,上面有很多纽扣和扣环式扣眼,衣领一边竖起一边翻下。人群开始骚动,警察则纷纷敬礼。

瘦高监票员见他所在党派的光荣候选人大驾光临,悄声请求主席允许他离开一会儿,其实他是要去向候选人汇报他这里的情况。

主席小声地让他等一会儿,因为国会议员有权进入所有投票区,或许他会到这里来。

他确实过来了。这位议员信心满满又风风火火,高效又欣喜地巡视了科托伦戈。他询问了选民的百分比,又温和地与排队等候的选民开几句善意的玩笑,如同在参观海边露营地。瘦高监票员走过去,很可能是告诉议员选举受到阻挠,以及他是如何同那些随时想将选举情况记录在案的人周旋的。众议员勉强听完他的话，因为他想知道这里的最基本的情况，而不想听长篇大论。他做了一个意义含糊的旋转的手势，似乎在说机器在运转，运转得很好，选票有数百万张，在那种有点棘手的情况下，如果能立刻解决那很好，否则——赶紧，放手，别管它了！

突然，他没头没脑地四下打听："尊敬的院长在哪里？她在哪儿？"然后他出了门，来到院子里。院长已经得到消息，赶了过来。他迎上去，如同多年老友一样与她说着话，而且好像在跟她开玩笑。

他想由院长陪同继续参观各个选举区。一群人跟在他身后，大部分是各选举区的代表（时不时有人上前向他诉说发生的麻烦事）以及该党派负责运输服务的男孩子（他们总是拿着一沓名单跑前跑后，上面记录着已经搬到其他机构但仍登记在这里投票的选民，或者一些需要转运的选民），议员对所有运输服务的人员、司机下达了简短的命令，一一回答了他们的问题，抓着他们的胳膊肘，给他们鼓励，也是为了马上推开他们。

一时间，选民运输车全部出发去转运选民。有几个运输服务人员尚且闲着，等待下一趟行程。但议员不想见到有人闲着，就打发他们开他的车走。他给每个人都分派了任务之后，随行队伍就变得稀疏了。这位议员独自一人站在院子里，他得等他的车回来。太阳占据了半边天，但仍时不时地飘落几滴雨。议员感到了孤独，这是国王和权贵在下达完命令后看着世界自行运转时感到的孤独。他带着敌意冷冷地看了一眼四周。

阿梅里戈透过窗户看着议员。他想：他站在那儿，科托伦戈甚至都没有碰到他的雨衣下摆。（可以从议员肆无忌惮的神情中辨认出天主教徒对人性所持的悲观主义，但阿梅里戈现在喜欢将其视为一种明显的犬儒主义。）他还认为：他是一个贪恋口腹之欲，用樱桃木烟嘴抽烟的人。也许他有一只狗，他会去狩猎。当然，他还喜欢女人。也许昨晚与他一起过夜的女人并不是他妻子。（也许这只是天主教徒对自己作为资产阶级家庭一家之主的灰色心理的放纵，这种放纵使这位议员显得轻松愉快，但是阿梅里戈现在更喜欢将其视作异教的享乐主义精神。）突然间，厌恶感汇聚成河：他们两个人难道不比这里面的任何其他人更相似吗？难道他们不属于世俗价值观、政治、实践和权力的同一部分、同一种类吗？难道他们二人不都是将科托伦戈的物神崇拜转化为俗用，一个人将其用作选举机器，另一个试图以此身份来揭发它吗？

倚窗而望，他发现另一个窗台上，从玻璃后面出现了一双眼睛，一个只能露出鼻子以上部分，头发浓密的大脑袋——一个侏儒。侏儒的眼睛紧紧盯着议员，他举起短短的手指，用布满皱纹的小手掌拍打着玻璃，拍打了两次，好像在喊议员。他有什么要与议员沟通的？阿梅里戈纳闷。侏儒怎么看待那位权威人物？他对自己，对我们所有人有什么看法？

议员转过身来，他的目光扫过窗户，刚一看到侏儒就立刻转身远去。阿梅里戈认为：他已经意识到那是一个无法投票的人。他想：他甚至都没看他一眼，连一个眼神都没有施舍。他还想：在这里，我和议员是一方，侏儒是另一方。他十分确定。

侏儒继续用小手拍打着窗户，但是议员没有再转身。当然，侏儒对这位议员无话可说，他的眼睛只是眼睛，后面没有任何思想。但有人会说，他想从他无言的世界向议员传达信息，想从他那不存在关系的世界中建立起一种关系。阿梅里戈想知道：被排除在判断之外的世界给予我们的判断是什么？

之前在院子里打动他的人类历史的虚荣感再次占据了他的心：侏儒的王国压制了议员的王国，而阿梅里戈现在觉得他与侏儒是一方的，他认同科托伦戈是对抗议员，对抗入侵者的见证，议员是渗透到这里的唯一真正敌人。

但是，侏儒那置身事外的目光落在院子里所有活动的事物上，包括这位议员。否定人类权力的价值意味着接受（或者说选择）最糟糕的权力：在表现出比议员的王国更高的地位之后，侏儒的王国将其吞并，变为自身的一部分。于是，侏儒与议员成为一方，而阿梅里戈现在不在他们之中了，他成了局外人……

黑色汽车回来了，一群颤巍巍的修女下车了。议员大大地松了一口气，他钻进车里，摇下车窗，再次给众人鼓舞士气，然后离开了。

11

中午时分，选民明显减少。主席台上的众人一致商定，可以轮流离开，这样有些住得较近的监票员就可以回家吃口饭。第一个就轮到阿梅里戈。

他独自一人住在一间小公寓里。一名女钟点工来给他做些家务，有时做做饭。钟点工说："小姐已经打过两次电话了。"他则说："我很急，请马上给我些吃的。"但是，除了吃东西，他还想做两件事：洗个澡，坐下来看一会儿书。他冲了个澡，穿好衣服，甚至还换了一件干净的衬衫。然后他把椅子拉到靠近书架的地方，开始在书架下面几层搜寻。

他的书架很小。随着年龄增长，他感觉最好集中精力阅读少量几本书。青年时期，他读书很杂，而且从不厌倦。随着年龄的增长，他现在开始喜欢反思，并且避免阅读不必要的书。在女人这件事情上则相反：年龄的增长让他变得急躁，让他不断重复短暂而愚蠢的故事，每一次他都已经可以看出自己是错的。他是那种习惯下午做爱，晚上独自入眠的单身汉。

整个上午，阿梅里戈都对莉亚心心念念，这一念头对他犹如救命稻草，奈何又遥不可及。但现在他已经厌倦了。他本该给她打电话，但与她通话会让他这一刻慢慢编织而成的思想之网化为乌有。但是，莉亚会很快再次打电话过来，而阿梅里戈希望在听到她的声音之前，能够进入一种陪伴并引导他思绪的阅读状态，以便在接听完电话之后可以继续思考。

他找不到适合的书。他的书架上有几本古典著作，一些现代的书，主要是哲学、诗歌和一些文化书籍。一段时间以来，他力图远离文学，青年时期当作家的梦想现在却带来了一种羞耻感。他很快明白了背后隐藏的错误：这是个人生存的奢望，除了保存自己（或对或错）的形象，没有做任何其他相称的事情。在他看来，人民的文学似乎是星罗棋布的墓碑，生者与死者的墓碑。现在，他开始在书中寻找其他内容：时代的智慧或仅仅有助于理解其他事物的内容。但是，他习惯在形象中进行推理，因此他继续在思想类书籍中寻找形象的核心，也就是说，将思想家当成诗人，或者通过推理亚伯拉罕如何牺牲以撒，俄狄浦斯如何失明，李尔王如何在暴风雨中失去理智，从中挖掘出科学、哲学或历史。

但是，不必翻开《圣经》。他已经知道他将要玩的游戏，通过《约伯记》将选举站中的众人对号入座，主席和神甫就是那些围绕在受难者周围并对其喋喋不休地进行劝说的角色。

相反，共产党员阿梅里戈·奥尔梅亚在马克思的著作中搜寻着，搜寻那些一旦浏览就会发现被它完全吸引的内容。他在他早期的手稿中看到这样一段话：

>……人类的普遍性实际上恰好体现在使整个自然成为人类无机体的普遍性上，这是因为：一、它是生存的直接手段；二、它是物质，是人类生命活动的对象和工具。大自然是人类的无机体，恰恰因为它本身不是人体。人在自然中生存意味着自然就是他的身体，为了不会灭亡，他必须不断地发展……

很快，他坚信这也可能意味着：一旦脱离使人成为事物的社会，所有事物——自然和工业——便成为人类，即使残疾人、科托伦戈人（在最坏的情况下，人）因为利用整个机体，利用机体的延伸而重新享有了人类的权利：存在的一切事物的丰富性（包括"精神上的无机性"——他前面读过，或许是由于黑格尔主义的影响——也就是思想性，比如科学和艺术）最终成为人类意识和整个生命的对象。

电话响了。莉亚问："说，整个早上你都去哪儿了？"

阿梅里戈没做任何解释，他也没打算做任何解释。并非出于特定原因，而是他与莉亚，有些话题会谈，有些话题压根不会谈，而这个问题属于后者。他只是说："嗯，你知道，今天有选举，对吧？"

"选举就是两分钟的事。走过去投票就行了。今天我也去了。"

（莉亚会把票投给谁，阿梅里戈根本不想知道，问这个问题需要耗费他的精力，还会将一个问题——他和她的关系，和另一个问题——他与政治的关系,混在一起。但是他仍有些良心不安,一方面是对党,每个党员都有"广泛宣传"的职责,而他却不曾对他女友进行过宣传,实在不够称职!另一方面是对她,为什么他从不跟她谈谈那些对他而言最重要的事情呢?)

"好吧,我有事要做。我是投票站的一员。"他感到极度厌烦。

"哦。我想今天下午做爱。"

"不行。我还得回那儿去。"

"还要去?"

"我现在很忙,"他试图补充一句,"你知道,党派……"

(对于阿梅里戈是党员这一事实,莉亚不甚关心,甚至还不如对他是哪支足球队的球迷关心得多。这么做对吗?)

"你为什么不跟其他人换一下?"

"我这么跟你说吧:按照法律,一个人一旦在那儿,他就必须在那儿待到最后。"

"真厉害。"

"嗯。"

这位姑娘,真是让他烦躁。

"今天是你的一周的最后一天。对,你应该知道,我告诉过你,星座幸运周!"

"莉亚,现在,星座……"

"恋情决定性的一周,否则诸事不顺。"

"又是那份周报的星座!"

"它是所有星座预测中最准的,从不会出错。"

"星座都是骗人的！"本要脱口而出的话到了嘴边却没有说出口，因为他习惯从对手的角度看问题，并且他不愿意发表明确的观点。所以他对占星术进行技术分析，力图向她表明，对于那些相信星座影响的人而言，不可能相信报纸上的星座运势。于是，他们展开了讨论。

"你听我说，出生的时间不仅仅以太阳的位置为特征，而且……"

"跟我有什么关系？反正那些星座对你和我一直算得很准！"

"不理性，莉亚，你总是不理性，"阿梅里戈生气了，"只需要一点逻辑就知道，行星，比如冥王星，位置取决于……"

"我依靠的是经验，不是聊天！"莉亚暴怒。总之，他们再也说不到一起了。

挂了电话，阿梅里戈坐在餐桌前开始吃饭，与此同时，书也摊在面前，他试图重拾被打断的思路。他的思绪走到了一个点，到了一个细如针孔的孔洞，他可以从中看到一个结构如此迥异的人类世界，以至于大自然的不公正也失去了分量，变得微不足道，而最终在相互压制中结束了那场在从事慈善与需要慈善的人之间的斗争……什么都没有了，他再也找不回这一思路，一切都徒劳无益，他失去了头绪，每次和这个姑娘在一起都是这样！有人会说，她的声音就足以打破周围的所有均衡，因此他与莉亚讨论的事情（废话，星座运势，汤森上校，结肠炎患者的最佳食物）变得至关重要，他的身心均被这场争吵裹挟，而这场争吵将继续以独白的形式、内在的喧嚣存在，从而伴随他一整天。

他意识到，他已经没有胃口了。

"这个姑娘就是不讲道理！"他重复着，自己生着闷气，但同时他又确信莉亚只能是这样，如果她不是这样的话，那她就不是她了。"不理性，前逻辑思维！"他感到了双重恼怒，一是再次想到莉亚的思维方式给他带来的痛苦，二是她运用这种最初级的思维方式残忍地侵袭了他。"前逻辑思维，前逻辑思维！"在他想象的争吵中，他不停地把这个词甩到莉亚的脸上，现在他后悔没有对她说这句话："前逻辑思维！你知道你是个什么样的人吗？前逻辑思维！"他希望她能立即理解他的意思，或者相反，她不理解他的话，他将有机会向她解释什么是"前逻辑思维"，她将会很生气，所以他就可以继续对她说："前逻辑思维！"并且要向她解释明白她没有理由生气，相反，她就是"前逻辑思维"！因为她听到"前逻辑思维"会生气，好像"前逻辑思维"是一种冒犯，其实不然。

他丢下餐巾，站起身，拿起电话给她拨了过去。他需要再来一次争吵，并跟她说："前逻辑思维！"但是在他说"喂"之前，莉亚就小声地说道："嘘……别出声……"

听筒里传来音乐声。阿梅里戈已经失去了所有耐心。"呃……是什么……？"

"嘘……"莉亚似乎不想漏掉任何一个音符。

"这是什么唱片？"阿梅里戈问道，他觉得总要说点什么。

"啦啦啦……怎么，你没听过？那如果我送你一张呢？"

"啊，是吗……"阿梅里戈对此毫不在乎，"听着，我想告诉你……"

"别说话,"莉亚小声制止道,"你必须把它听完……"

"是,现在我在电话里听唱片!如果就为了听唱片,我也不用不吃饭,我完全可以听我自己的唱片!"

电话另一头寂静无声了,甚至连狂热的音乐也停止了。然后莉亚慢吞吞地说:"……啊,你的唱片?"

阿梅里戈意识到他说了一句他不该说的话。他试图立刻纠正:"我的,也就是你的,你送给我的那些……"

但是为时已晚。"哦,我知道,是谁送给你的并不重要……"

这一争论已然成为老掉牙的故事了,阿梅里戈对此忍无可忍。他以前是有一些唱片,行了吧?他对这些唱片也并不在乎,但是有一次,也不知道为什么,他告诉莉亚,他听这些唱片永远也听不烦——事情到这儿也没什么错——但是,后来当莉亚从他漫不经心的讲述中得知这些唱片是某位玛丽亚·皮亚赠送给他的时候,她为此无理取闹了一番,以至于后来每次谈到这件事就会吵架。再后来,她送了他一些唱片,并且要求他把旧唱片扔掉。阿梅里戈很有原则地说不行,他不在乎那些唱片,也不在乎玛丽亚·皮亚,这些事都翻篇了,但是他不允许将客观事物(比如唱片上的音乐)与主观事件(比如对赠送唱片的人的感情)联系在一起,要他必须承认这件事,他不能接受,同样要他必须解释为什么他不承认,他也不能接受。总之,一个苦不堪言的故事,现在他再一次深陷泥潭。

他很着急,但如果想速战速决,事情只会变得更糟。特别是这次,她假意说着他曾经说过的话:"哦,我理解,音乐是音乐,跟对那个人的记忆没有任何关系……"而他力图说些甜言蜜语来取悦她:"但我最喜欢听的那些唱片,都是你选的那些,是吧?"他们已经不清楚还是不是在吵架。

某个瞬间,莉亚重新放好唱片,他们跟着音乐一起哼唱着,又在某一刻,阿梅里戈对前来收拾餐盘的钟点工说:"稍等,我要把汤喝完。"莉亚听到后笑了:"你疯了吗,你还没吃完饭?"于是他们说了再见,毫无疑问,他们和好如初。

阿梅里戈在吃饭时,脑海里还萦绕着一个想法:黑格尔是唯一了解爱情的人。在吃完之前,他三次起身去找书。但是他家里没有黑格尔的著作,仅有几本关于黑格尔的书或者一些关于黑格尔的章节。即使如此,他也一边往嘴里塞着食物,一边浏览着,"《欲望之欲望》《他人》《认识》……"他找不到关键。

电话响了。又是莉亚。"听着,我必须和你谈谈。我本来决定什么都不说,但现在我想告诉你。不,不是在电话里,这件事不能在电话里说。我还不确定,我本来要等确定了再告诉你,不过最好还是现在告诉你。一件非常重要的事情,我害怕是真的,(他们的话总说半截,她是因为无法下定决心,而他是因为钟点工还在家里。后来他关上了厨房的门。他还因为害怕猜中答案。)亲爱的,你生气也没用,如果你生气就说明你明白了,但,我不是百分百肯定,不过……"总之,她想告诉他她怀孕了。

电话旁边有把椅子。阿梅里戈坐了下去。他一言不发,所以莉亚以为掉线了:"喂?喂?"

在这种情况下,阿梅里戈希望自己能保持冷静,掌控局势——他不再是懵懂少年!——他希望塑造一个令人安心的、从容的、具有安全感的形象，同时冷静而清醒，完全知道自己该做什么。然而，他头脑一片混沌。他喉头发紧，根本无法平心静气地说话，也做不到话说出口之前深思熟虑，"噢，不，你疯了，可是怎么能……"紧接着他勃然大怒。这股愤怒如同疾风骤雨，就像是要在没有出现的情况下，阻止出现的任何可能性，赶走所有不允许其他想法的想法，阻止做事情和承担责任的义务，拒绝决定他人生活和自己生活的义务。他开始滔滔不绝，大声斥责："可是你这样跟我说，可是你这么漫不经心，可是你怎么能这么平静……"他要激起她的反应，让她愤怒、受伤："你就是没脑子！不对，我才没脑子，跟你说这些！我就应该什么都不说，自己赶紧收拾好了，再也不见你！"

阿梅里戈很清楚，他说她"没脑子"也是想说他自己没脑子，但在那一刻，悔恨与内疚转化为对陷入困境的女人的厌恶，转化为对风险的厌恶。在他看来，这种遭遇已经持续相当长的时间了，已经结束了，已然成为过去了，但现在这种风险可能会演变成不可挽回的局面，成为无尽无休的未来。

与此同时，他内心一直备受煎熬，他是如此自私，与她相比他是如此舒适安逸，在他眼中，姑娘勇气可嘉，十分伟大，现在，在他内心，他对这种勇气充满钦佩，姑娘的犹豫不决也与他的如此相似，他对这种犹疑也充满了钟爱，并且可以肯定的是，比起刚才的瞬间窒息，他又重新找回了成熟男人的稳重与责任感，所有这些促使他的态度产生了三百六十度大转变："不，不，亲爱的，你别担心，有我在，我在你身边，不管什么事……"

她的声音立刻温柔起来,试图寻找一种安慰的说辞:"哦,意思是如果……"而他开始害怕他的话说得太满,以至于让她认为自己愿意让她给自己生孩子,然后,他继续展示着他的保护欲,同时也试图强调自己的意图:"亲爱的,你会发现,这没什么大不了的,我出钱,可怜的姑娘,别担心,只要几天时间,你就什么都不记得了……"突然,电话另一端传来尖锐的,简直能刺穿鼓膜的声音:"你说什么?你出什么钱?跟你有什么关系?孩子是我的……我想生就生!我什么都没求你!我不想再看见你!我的孩子将来长大了,根本就不认识你是谁!"

因此,她并没有说她真的想要这个孩子,也许她只是想发泄女人天生的不满,以抗议男人在生孩子这件事上的随意与轻松。但阿梅里戈心中警铃大作,他立刻反对:"不行,不能这么做,生孩子可不能这么草率,这太不认真了,这是不负责任……"没等他说完,她就挂断了电话。

阿梅里戈对钟点工说:"我不吃了,你把盘子撤了吧。"他再次在书架旁坐下,回想之前他坐在这里,似乎是很久远的事情了,那时是如此宁静,无忧无虑。最重要的是,他现在感到耻辱。对他而言,生儿育女首先是他思想上的失败。阿梅里戈一直是节育的狂热支持者,尽管事实证明他的政党对此并不多问,甚至是持相反态度。没有什么能比人们草率地生育更让他反感的了,越穷越落后越生,并不是因为他们想生,而是他们习惯了顺其自然,草率行事,放任自流。但是,为了继续表现出斯堪的纳维亚社会民主主义对不发达世界的冷漠的遗憾和惊奇,他本人必须保持这种罪恶感……

另外，今天在科托伦戈，那种对所有生育者的无声质疑与指责，那里所有的一切都让他度日如年。在他看来，那种见识、那种意识不会没有后果，就好像他是一位怀有身孕的母亲，如同照相机感光板一样敏感，或者原子解剖已经在他体内运转了一段时间，他别无他法，只能生出一个残缺的后代。

他现在如何能再次回到阅读中，回到思考中？甚至在他面前摊开的书也成了他的敌人：《圣经》中存在着使处在饥荒和荒漠之间的人类世代永存的种种问题，他们对自己的生存尚且无法保证，却不想浪费任何一次生儿育女的机会。

他要迟到了，投票站的所有人都在等他，他还要去轮换其他人，所以他不得不飞奔出门。但在出门前，他再次给莉亚打了个电话，尽管他都不知道该说些什么："莉亚，我现在必须赶紧出门了，但是，你看，我……"

"嘘……"电话那头，唱片一如既往地播放着，犹如先前他们没有打过电话似的，而阿梅里戈心里噌地一阵火起（看，她跟没事人一样，对她来说，这就是自然规律，对她来说，根本不需要理性逻辑，只要生理逻辑就够了！），同时他又松了一口气，因为莉亚还是那个莉亚："别说话……你也必须把它听完……"所以，她身上究竟有什么是可以改变的？很少：尚未出现的因此可以打回虚无的东西（从什么时候起存在才是真正的存在？），盲目的生物潜能（从什么时候开始人才是人？），只有刻意让它成为人类它才能成为人类的那样东西。

12

有相当一部分科托伦戈的选民是病患,无法下床也无法离开病房。在这种情况下,法律规定应选择投票站的一些成员组成"流动投票站",以便在"治疗点",也就是病患卧床的地方收集他们的选票。他们一致同意由主席、秘书、穿白色上衣的女监票员和阿梅里戈四人组成"流动投票站"。"流动投票站"配备了两个箱子,一个用来装空白选票,一个用来收集填好的选票,还有一本选民的花名册。

他们拿好东西就动身了。带他们上楼的是收容所的一名"优秀小伙"。他五短身材,胖墩墩的,尽管面貌丑陋,头发剃得光光的,浓密的连心眉几乎长在了额头顶部,但事实证明,他完全能胜任他的工作,并且十分热心。他被收容在这里似乎是个错误,似乎一切只是因为他的那张脸。"这个科室有四个。"他们走进病房。

房间很长,夹道摆放着两排白色的病床。楼梯的阴影下露出一只眼睛，带着迷惑、痛苦的神情，抑或这只是一种防备，拒绝在成堆的白色床单枕头中感知人类的样貌；又或是，未见其人先闻其声，耳边传来持续不断的类似动物的尖叫声："吱……吱……吱……"而病房的另一个角落又传来似笑似吠的呼应："嘎！嘎！嘎！嘎！"

尖叫声是一个坐在床上的男孩发出的，他穿着一件白衬衫，瞪着眼睛张着嘴巴，红红的小脸上带着固定的笑容。或者说，他的上半身从病床的巨嘴中伸出来，就像从花瓶里冒出来的一株植物，就像长了一颗鱼头的植物枝干（没有手臂），而这个男孩-植物-鱼（阿梅里戈想知道，人类的定义范围究竟有多大宽泛）的上半身时而俯下，时而立起，而每次俯下时都会发出"吱……吱……"的声音。呼应他的"嘎嘎"声则是一个体型更小的人发出的。他从被子里探出一个长了一张大嘴的脑袋，眼睛里充满了渴望，一张脸因为充血而涨得通红，他应该有手臂或者双鳍，在被子下动来动去，犹如他被装在袋子里一般（生物，任何种类的生物，究竟在多大程度上才可以被称为生物？），也许由于病房里出现了外人，其他一些声音开始兴奋地应和，其中还夹杂着一个粗重的喘息和呻吟声，就像尖叫声刚要冲出胸膛，又生生被憋在喉头。这是一个成年人。

在这间护理室，如果按照外边世界的人物身量和特征（比如头发或肤色）来判断，似乎一部分是成年人，一部分是孩子。其中一个是巨人，一堆枕头撑起那颗巨大的、如新生儿般的脑袋，他一动不动，双臂缩在背后，下巴伸到胸前，挺着巨大的啤酒肚，双眼空洞无神，花白的头发垂在巨大的脑门上（这是在漫长的胎儿成长中幸存的老人？），在巨大的悲哀中他石化成一尊雕像。

头戴巴斯克帽的神甫早已在病房等候众人，手里也拿着一份花名册。见到阿梅里戈，他黑了脸。但阿梅里戈此时不再思考他来这里的那些毫无意义的目的，他觉得，现在需要检验的是另一个边界：不是那个在众人视野中已经消失了一段时间的"大众意志"的边界，而是人的边界。

神甫和主席向负责该病区的修女主管询问那四名登记在册的投票人，修女主管给他们一一指了出来。其他修女则搬来屏风、桌子以及选举所需的其他一应物品。

病房尽头的一张床上无人，床铺也整理得井井有条。它的住客，也许已经进入康复期，正坐在床一侧的椅子上，穿着一件羊毛睡衣，外面套着夹克，床的另一侧坐着一位戴帽子的老人，应该是他的父亲，趁星期天来探望他。儿子是个智力低下的小伙子，身高正常，但似乎动作迟缓僵硬。父亲剥了一些杏仁，俯过身来递给儿子，儿子接了杏仁慢慢放进嘴里。父亲在一旁看着他咀嚼。

那些男孩-鱼不停叫喊，修女主管则不时地离开选举站的众人，前去安抚最激动的那个，但收效甚微。病房里发生的每一件事情都是独立的，就好像每张床都隔绝出一个世界，与周遭一切没有任何联系。喊叫声彼此刺激，愈发震耳，一部分如麻雀般聒噪，喋喋不休，一部分则叫声凄惨，呻吟呼号。只有大头男人纹丝不动，似乎心如止水，古井无波，不受任何声响干扰。

阿梅里戈继续看着那对父子。儿子是长脸，四肢也很长，胡须浓密，表情呆滞，可能半边面瘫。父亲是乡下人，身穿节日盛装，跟儿子一样，也是长脸，手也很长。不过二人的眼睛完全不同：儿子的眼睛犹如动物的眼睛，毫无防备，而父亲的眼睛则半眯着，犹如老农，闪烁着怀疑的光芒。他们侧身坐在床两侧的椅子上，凝视着对方，对周遭的一切丝毫不予理会。阿梅里戈继续注视着他们，也许是想借此休息片刻，或者躲避周遭的情景，甚至不止，他似乎痴迷于此。

此时，其他人正让一个人在床上进行投票。他们是这么操作的：屏风围在四周，里面放了一张小桌子，因为他瘫痪不起，所以由修女替他投票。他们撤掉屏风，阿梅里戈看到了他：一张紫色的脸，仰卧在床，如同死人一般，嘴巴大张，露出了牙龈，眼睛瞪得犹如铜铃。这张脸深陷于枕头之中，不为外人察觉；除了喉咙深处还在发出沉重的喘息，他的身体已经僵硬得与一根木头别无二致。

他们哪来的勇气让他参加投票呢？阿梅里戈暗自纳闷，直到这时他才想起他应该出面阻止。

他们已经将屏风围在另一张床周围了。阿梅里戈跟了上来。这张脸胡须剃得干干净净，但浮肿僵硬，口角歪斜，无法闭合，眼球暴出，没有睫毛。这个人明显焦躁不安。

"这样不对，"阿梅里戈说，"这个人怎么能投票呢？"

"但是，这儿有他的名字，朱塞佩·莫林，"主席说着，然后转向神甫,"是他吧?"

"嗯,这儿有证明,"神甫说道,"肢体运动障碍患者。修女大人,是由您来帮助他吧?"

"对,对,可怜的朱塞佩!"修女说道。

这名男子犹如被电击了一般颤抖着,呻吟着。

阿梅里戈,现在轮到他了。他努力地甩开脑子里的所有想法,甩开那个刚刚隐约可见的遥远边界——是什么和什么之间的边界来着?——以及四处如烟似雾的一切。

"等一下,"他的声音不带丝毫情感,他知道他只不过是徒费唇舌,"该选民是否能够认出帮他投票的人?他能表达自己的意愿吗?喂,莫林先生,您有这个能力吗?"

"旧话重提,"神甫对主席说,"修女大人不舍昼夜地与他们在一起,现在问他是否认识她……"他轻笑着摇了摇头。

修女主管也笑了,不过那是一个对所有人也是对虚无的微笑。阿梅里戈心想,对她而言,能否被认出来根本不是问题;于是他想到要将老修女的目光与那位周日来科托伦戈盯着傻儿子看的老农的目光进行一番对比。对于修女来说,她无需被救助者认识她,她从他们那里得到的好处(换取她给他们的好处)是一种普遍的好处,不会有任何损失。相反,那位老农凝视着他的儿子,以期儿子能够认出他,从而不会失去儿子,不会失去那微不足道又没有任何好处可言的,但却是属于他的某样东西,因为那是他的儿子。

如果说这个拥有选举证的人类躯干没有认出修女的迹象,那么修女也是众人之中最不担心的那位了。但是,她还是忙着加快这项选举的进程,这只是外界强加的众多手续之一,也因为她并不负责调查,她的工作效率取决于他们。于是,她力图用多个枕头垫起那个身体的肩膀,让他挺起身来,给人以坐姿的错觉。但是已经没有任何姿势适合那个躯体:宽大的白衬衫中的手臂已经僵硬,双手向内弯曲,双腿也是同样的姿势,似乎四肢正试图回到自己的身体中以求庇护。

"说话,"主席抬起一根手指,好像对这个问题表示歉意,"是不是无法说话?"

"主席,他无法说话,"神甫说道,"嗯,你会说话吗?不能,你不能说话吧?您看他无法说话。但是他什么都明白。你知道她是谁,对吧?她很善良,对吧?他能听懂。毕竟,他以前已经投过一次票了。"

"对,是的,"修女说道,"这个人一直参加投票。"

"他这样,但他还明白……"穿白色上衣的女监票员说道,不清楚这句话是问题、陈述还是希望。然后她又转向修女,似乎想让修女参与到她的问题-陈述-希望中,"他明白,是吗?"

"呃……"修女摊开双臂,两眼望天。

"这场闹剧该收场了,"阿梅里戈淡淡地说道,"他无法表达自己的意愿,也就无法投票。这很明显吧?多一点尊重。无须再说其他的。"

(他是想说对选举"多一点尊重",还是对那个正遭受苦难的肉体"多一点尊重"?他没有具体说明。)

他料想他的话会引起一场纷争,然而,什么都没发生。没有任何人提出异议。他们长叹一声,摇了摇头,看着那个僵硬的男人。"确实,他的健康状况恶化了。"神甫低声回应道,"两年前,他还在投票呢。"

主席拿着记录本问阿梅里戈:"我们该怎么办,是空着还是另做一份记录?"

"算了。空着吧。"阿梅里戈再也说不出其他话,他正在思考另一个问题:帮助他们继续活下去与帮助他们离开人世,哪个更人道?甚至这个问题他也无法回答。

因此,他赢得了战斗的胜利:他们敲诈瘫痪者的选票未遂。但是一票,区区一票算什么呢?这是科托伦戈用呻吟与哀号对他做出的回应,看看你的民意变成了一个玩笑,这里没人相信,这是人们报复世界的权力,最好让那一票也通过,以这种方式获得的那部分权力最好是不可磨灭的,最好与他们的职权密不可分,这样,他们将永远把权力加诸那些人身上。

"那27号呢?还有15号呢?"修女问道,"其他应该投票的人还要投票吗?"

神甫看一眼花名册,走到一个病床前。紧接着他又退了回来,摇了摇头:"那边那个人的情况也很糟。"

"他也认不出人?"女监票员问道,就像是在问病人的亲属。

"他的情况恶化了。情况变得更差了,"神甫说道,"毫无办法。"

"那么,我们把这个人的名字也划掉,"主席说道,"第四个呢？第四个在哪儿？"

牧师现在明白修女的意思了，她只想赶紧结束。"如果这个不行，那其他人也不行。我们走吧，走吧。"他推着主席的胳膊，而主席正试图查对床号。突然他在大脑袋巨人面前停了下来，在名单上搜寻着，似乎在核对第四位选民的编号是否就是巨人的编号，但是神甫推着他说："走吧，走吧，我发现这里的人身体都不好……"

"以前那几年他们都让这几位参加投票了。"修女说着，就像在谈论注射一样。

"嗯，现在他们健康状况恶化了，"神甫总结说，"众所周知，病患要么痊愈，要么恶化。"

"当然，不是所有人都能参加投票，这些可怜的人……"女监票员似乎在道歉。

"噢，可怜的我们！"修女笑了，"有些人不能投票，确实有。请看阳台那边……"

"能看得到吗？"女监票员问道。

"是的，请这边来。"她打开一扇玻璃门。

"如果我是那些给人印象深刻的人之中的一员，那我会深感恐惧。"秘书说道。阿梅里戈也退缩了。

修女依旧面带微笑："不会，为什么害怕呢，善良的孩子们……"

玻璃门朝着阳台。高脚椅围成一个半圆，上面坐着很多年轻人。他们剃了光头，而胡子则乱蓬蓬的，双手搁在扶手上。他们穿着蓝色条纹的睡袍，衣襟垂到地上，遮掩着每把高脚椅下的便盆，饶是如此也遮掩不住冲天臭气以及地上四溢的污水。他们光着腿，脚上则穿着木屐。他们容貌相似，犹如亲兄弟一般，这种相似性在科托伦戈随处可见。他们的表情也如出一辙，嘴巴扭曲，豁牙露齿——可以是嘲笑的表情，也可以是哭泣的表情；他们所发出的声音融合成一阵沉闷的笑声与哭泣。在他们面前站着一名助手——那些丑陋但优秀的男孩子中的一员——他负责维持秩序。他手里拿着一根芦竹，一旦有人想乱摸、起身、与其他人打闹或大喊大叫时，他就进行制止。一束阳光照射在阳台的窗户上，那些年轻人条件反射地大笑着，又突然怒气冲冲，互相叫嚷着，转眼又忘到九霄云外去了。

投票站的人站在门槛处看了一下，随即转身再次回到病房。修女走在最前头。"她是一位圣人，"女监票员说，"没有谁能像她这样，这些可怜的人……"

老修女用那明亮而快乐的眼睛环顾四周，仿佛身处满是健全人的花园中，她正说着客套话以回应周围人的称赞。这些称赞多是些赞美她谦虚、关爱世人的言辞，但都非常自然，因为对她而言，一切都必须非常自然，因为她选择永远为他们而活，这是毫无疑问的。

阿梅里戈本来也想对她说些赞美之词，但他差点脱口而出的却是，按他所想，社会应该如何的一番话，在那个社会中，像她这样的女人将不再被视为圣人，因为像她这样的人本就不计其数，而不是区区之数，独守神圣的光环，像她这样为了普世目标而生活将比为任何特定目标更为合乎情理，而且每个人都可以在自己的社会职能中，在与共同利益的关系中表达自己，表达自己深藏的、隐秘的、最为个人的情感……

他越是执着于思考这些事情，越是发现曾经对他来说重要的，此时并算不了什么，而那些找不到言语形容的才更为关键。简而言之，老修女的形象还没有脱离他的世界，符合他一直试图为自己树立（尽管是通过努力尽力接近）的道德观，但是在病房里让他备受煎熬的想法却是另一回事，那个老农和他儿子的出现为他展示了一个未知的世界。

修女自由地选择了病房，而拒绝了世界其他地方。她已经在这个任务或者说努力奋斗中确立了自己的身份，但是正因如此，她与这一任务的对象仍然不同，她是自己的主人，幸福而自由。而那位老农没有任何选择的自由，他迫不得已与病房建立起紧密的纽带，他的生活则在别处，在他劳作的土地上，但每周日他风尘仆仆地赶来看儿子咀嚼。

现在，那个傻小子吃完了他的零食，父子二人依旧坐在床的两侧，都把瘦骨嶙峋、青筋凸显的双手放在膝盖上，歪着头——父亲戴着帽子，儿子剃光了头发，像一名入伍新兵——以便继续用眼角余光注视着彼此。

是了，阿梅里戈心想，这二人彼此需要。

他转而又想：是了，这种存在方式就是爱。

他继续想着：人类到达了爱到达的地方。它没有边界，只有我们赋予的边界。

13

夜幕降临。"流动投票站"继续奔波在各个病房——现在轮到女性患者投票。为了让患者能够在床上投票，他们要不停地把屏风搬来搬去。这些病患，这些老妪，有时能在屏风里待上十分钟甚至一刻钟。"女士，您填完了吗？我们可以进来收选票了吗？"屏风那端的可怜家伙可能已经奄奄一息了。"您已经把卡片合上了吧？"他们移开屏风，卡片要么还原封不动地躺在那儿，要么上面只留下一个鬼画符，一片涂鸦。

阿梅里戈监督着：女患者必须独自待在屏风后面；那些失明或双手残疾的患者不再拥有投票机会；现在，让修女代替打钩的事情，提都不要提。阿梅里戈十分坚持，那些不能独立完成投票任务的人，就不要参加投票了。

从他对那些不幸之人不再感到那么陌生的一刻起，就连他的政治职责的严谨性对他来说也变得不那么陌生了。有人可能会说，在第一个病房中，曾经一度蒙蔽他，使他陷入言听计从状态的客观矛盾网已经破裂，现在他感到茅塞顿开，似乎一切都无比明晰，他明白了哪些是社会需要的，哪些是社会不需要但却需要我们亲力亲为的，否则就一无所有。

当他通晓一切时，他就明白了这些时刻的样子。也许稍后他尝试定义自己已经明白的内容时，什么也抓不住，一切已消失得无影无踪。或许他并没有多大改变，他的行为，他们的目的，自我保护，等等，这些很难改变；嘴巴上该说说，但在某个时候一个人该是什么样还是什么样。

但他似乎总算明白了他和莉亚之间的关系。在那些病床之间，在影影绰绰的半明半暗中似乎隐藏着能够损毁女性身体的所有邪恶（她们在一个有着大型拱顶的房间里，白色的床单反射着昏黄的灯光，刚刚能够照亮房间。萎缩的手臂在床单的映衬下如同红或黄色的树枝。拱顶或光线汇聚到一根柱子上，而柱子底端的一张床上传来连续的刺耳哭泣声，那个戴兜帽的人形——他不想去看——应该是个女婴，但已经缩减为波动的哭声，而她周围所有的一切——枕头之上的景象与阴影——似乎都是这个婴孩努力生存所必需的，周围其他床上传来的呻吟与喘息声都是对这个几乎没有实体的声音的支持）。阿梅里戈看到了莉亚，但现在莉亚看着他，灰色的双眸里充满了悲伤，眼底满是无法掩藏也挥之不去的阴影，头发柔顺地垂在柔弱的双肩上，但她却像一头蹲伏着的野生动物，一有风吹草动就会立刻挣脱而去，乳房毫无防御地从双臂中露出来。她需要保护与垂怜，但他却不知该如何与她沟通，因为在他感觉到达她身边的那一刻，她转过身，嘴角浮起一丝挑衅的冷笑，敌对的灰色目光变得阴沉，下垂的头发从肩膀一直垂到扭动的臀部，一双长腿迈着轻快的步伐，似乎甩掉了先前背负的一切。但是现在，这个关于莉亚的白日梦，他们之间不断相互挑战、如同斗牛或狩猎的爱情，在他看来已经不再与医院的那些阴影形成鲜明的对比：它们是或绑或缠结在一起的鞋带，将人们（经常或总是痛苦地）捆绑在一起。甚至，在短短的一秒钟内（也是永远），他感觉他明白了，他和莉亚在一起，与老农周日来科托伦戈无声地看望儿子，都具有相同的爱的含义。

对于这一发现，他是如此激动，他迫不及待地想与莉亚诉说。他看到有一间办公室的门开着，于是他问一名修女能否打个电话。莉亚的电话占线。"我过一会儿再过来，您不介意吧？谢谢！"于是，他开始在各病房之间辗转的"流动投票站"与占线的电话之间来回奔波。随着时间的流逝，他越发不知道他要对莉亚说什么了，因为现在他想跟她解释一切，关于选举，关于科托伦戈，以及他在这里见到的形形色色的人物，但有个修女在这个办公室进进出出，他无法长篇大论。每次他听到占线的声音，他感到厌烦同时又感到欣慰，也是因为他担心通话会再次回到那个问题上，他不想面对那个问题；或者确切地说，他只是想让她明白，即使考虑那个意图——尽管他无法改变自己的意图——他的心态也已有所不同。

因此，尽管他现在希望莉亚的电话继续占线，但他并没有停止拨打电话。突然，电话拨通了，他开始跟她讲话，丝毫不提此前她的电话一直占线的事情。

莉亚也说着一些无关痛痒的话，因此他们之间一切照旧，但是对阿梅里戈来说，现在看似与往常一样饱受情感折磨，他并不注意倾听那一言一语，只专注于那一言一语的声音，如同聆听音乐一般。

他突然竖起耳朵。莉亚说："另外，如果我必须穿一件春秋款大衣的话，我不知道我该带些什么衣服。现在，利物浦什么天气？"

"什么？你要去利物浦？"

"是啊。明天。我明天就走。"

"你说什么？为什么？"阿梅里戈对莉亚前往利物浦的旅行感到非常震惊，但同时也感到非常安心，因为出行也许就消除了先前的担心。他也有些摸不着头脑，因为莉亚总是做些出人意料的决定，同时也感到放心，因为莉亚还是那个莉亚。

"你知道的，我得去利物浦的姨妈家。"

"可是你之前说你不去。"

"可是你对我说：'去吧。'"

"我？什么时候？"

"昨天。"

好吧，又是这一套。"可恶，我说'去吧'的意思是：见鬼去吧，别来打扰我，你总是说利物浦，说你姨妈，所以我才会对你说'去吧！'，就像现在我也可以对你说'去吧'，但是我绝不是想说让你去那儿！"

他很生气，但是他知道他跟莉亚的爱就是要这样生气。

"但是你对我说过了！'去吧！'"

"你就跟那个只会理解字面意思的人一样！"

莉亚气得跳脚。"那个人是谁？你在说谁？你什么意思？"仿佛她在阿梅里戈的话中捕捉到了一些令人十分反感的东西，而阿梅里戈已经不知道该如何结束通话，他满腔怒火，但同时他也知道她还在电话另一端，挂断电话毫无意义。

14

最后要收集的是无法下床的修女的选票。监票员们要穿过长长的宿舍，在成排的白色幔帐中穿行。有些床上的幔帐挂起，里边一位老修女坐在被子外面，穿戴整齐，从头到脚装扮精致，头上的帽翅洁白如雪。修道院里的建筑（也许修建于十九世纪中叶，但历久弥新）、家具、服装，都让人感觉它一定与十七世纪的修道院是一样的。阿梅里戈无疑是第一次踏足这种地方。在这种情况下，像他这样的人——在历史魅力、唯美主义、名著的记忆、（革命家）对制度如何塑造文明面貌和文明灵魂的兴趣中——可以放任自己突然对修女宿舍莫名兴奋，可以放任自己以未来社会的名义对眼前景象羡慕不已，比如这成排的白色幔帐包含了诸多内容：实用性、压制、平静、绝对统治、严谨、荒谬。

然而，完全不是这样。他穿越了一个拒绝形式的世界，现在置身于这种几乎脱离世界的和谐之中，他意识到自己并不在乎。他现在力图确定别的东西，而不是过去和未来的形象。在他看来，过去（恰好是因为它拥有如此完整的形象，就像在这个宿舍中，使人无法改变任何事物）是一个巨大的陷阱。而未来，当人们设想它的形象（它就会与过去挂钩），它也会变成陷阱。

在这里，投票进行得很快。修女坐在床上，膝盖上放着托盘。他们将选票放在托盘里，拉上白色的帷幔。"尊敬的修女，您投完票了吗？"他们拉开帷幔，将选票放进箱子里。床的外侧枕头堆成了山，令人敬畏的老修女坐在那儿将床堵得严严实实，白色的胸前布巨大无比，白色帽翅一直触到帐顶。在帷幔之外等候的主席与秘书显得如此渺小。

我们就像小红帽拜访她生病的外婆一样，阿梅里戈想，也许拉开帷幔，里面将再也不是外婆，而是那匹狼。他继而又想：每个生病的外婆都是一匹狼。

15

所有投票站的成员又重聚一堂。现在不再人头攒动，花名册上还没有投票的人已经寥寥无几。紧绷的神经放松下来，主席表现出令人惊讶的欣喜："啊，明天继续投票，然后就结束啦！然后，先生们，我们的任务就完成了！啊，我们至少四年不用再考虑这件事了！"

"然而，我们很快会再次开始考虑它……"阿梅里戈喃喃自语，他已经预见到，他们经历的这一天将被载入意大利的衰退史（然而，著名的《欺诈法》并不会消失，意大利将在前行中表现出越来越多的两面性），也将被载入世界石化史（但全世界看似是石头的事物都动了起来），这一天只会让主席之流的怠惰心理得到安宁，而扼杀了探寻清醒良知的需求（相反，事实证明，一切都越来越复杂，想要在任何既有积极面又有消极面的事物中区分其积极与消极也变得越发困难，放弃表象而寻求非暂时性的本质也变得越发必要：这样的本质为数不多且仍然变化不定……）。

现在，所有监票员都围着最后一个投票的人，一个戴着帽子的大个子。他天生没有手，两个圆柱形的残肢从袖子里伸出来，但是他可以用两个残肢夹住物体来进行抓握和操作，就像用两个巨大无比的手指抓握一样，甚至一些细小的物体照样操作自如（铅笔、纸张，实际上他独自完成了投票，独自折好了选票）。"所有事，包括给我自己点烟。"大个子说道，然后敏捷地从口袋里掏出烟盒，用嘴巴含住烟盒以便残肢从中抽出一支烟，用腋下夹住火柴盒，点燃，抽了一口，镇定自若。

所有人都围在他身边，问他是怎么做到的，他是如何学会的。这个男人则粗鲁地回答着，他长着一张大脸盘，面色赤红，像个老工人，他神情冷漠，不苟言笑。"我什么都会做。"他说道，"我今年五十岁了。我在科托伦戈长大。"他说话时仰着下巴，一副挑衅的神情。阿梅里戈心想：人类甚至可以战胜恶性生物突变；从脸庞、衣着与举止中可以认出工人的特征，同时这些特征——符号和字母——缺乏一定的完整性，但却具有自我建设的能力，从而肯定了制造者的决定性部分。

"所有活儿我都会干，"戴帽子的大个子说道，"是修女们教我的。在科托伦戈，我们完全自力更生。我们有工厂，我们什么都有。我们这里就像一座城市。我一直生活在科托伦戈。我们什么都不缺。修女们不会让我们短缺任何东西。"

他十分自信，不可动摇，他傲睨一切，坚守着令他与众不同的秩序。阿梅里戈想知道，拼命扩增人手的城市已经成为整个人类的城市了吗？或者制造者的价值恰恰在于它从不从整体上看问题,也看不到这样的城市已经发展到头了?

"您爱她们吗,嗯,您爱修女们吗?"穿着白色上衣的女监票员问道,她急于在这天结束之前听到一句宽慰人心的话。

大个子的回答依旧干巴巴的,甚至近乎敌对的语气,就像生产文明下的好公民一样:"多亏了修女,我才得以学会这些。没有修女帮我,我将一事无成。现在我什么都会做。谁都不能说任何反对修女的话。没有人能像修女一样。"

阿梅里戈心想,制造者的城市总是有将其机构错当成神秘之火的风险,没有这神秘之火,城市就无法建立,机器就无法启动;在保护其机构的过程中,如果他们没有意识到这一点,秘密之火就可能被扑灭。

阿梅里戈走到窗户旁。沉闷的建筑间,一抹晚霞残照。太阳已经落山了,但屋顶檐角的剪影背后独留一抹余光,照亮了庭院中从未见过的城市景象。

几个侏儒女人用独轮车推着柴火,穿过院子。柴火很重。走过来一个巨人般的女人,推着车几乎要跑起来,她大笑着,所有女人都笑了起来。还有一个同样高大的女人,正用高粱秆做的扫帚打扫庭院。一个肥胖的女人抓着高高的车辕,推着一个装着自行车车轮的容器,也许她正在搬运汤菜。

监票员阿梅里戈心想,即使是最后一个不完美的城市也有其完美的时刻,此时此刻,每座城市都有其完美瞬间。

后　记[*]

要谈伊塔洛·卡尔维诺的新作《观察者》，该书由埃伊纳乌迪出版社出版（篇幅不长，原书不足百页），我就不得不回顾卡尔维诺的作家生涯，看他如何写出这部大作，因为作品不可能凭空而来。在此我只想提及一点，自从卡尔维诺成为一名成熟的作家后，他很快便在当今出类拔萃的寥寥几位叙事作家与散文家中确立了自己的地位（今天他40岁了）。当然在艺术风格上他也独树一帜，主要运用两种表达手法。

第一种，我首先提到这一点只是为了方便起见，是那些在一种罕见的知识氛围内展开的奇幻寓言式的、游戏式的、杂技般奇特而巧妙的作品，例如《分成两半的子爵》《树上的男爵》《不存在的骑士》。这些作品用寓言式的手法为我们塑造了隐喻我们当

---

[*] 首次以"卡尔维诺的《观察者》反映了我们生活中的不确定性"为题刊登在1963年3月13日的《新闻报》上，第61期，第5页；后来收录在乔万尼·马卡里主编的《有争议的读者》中，第302—305页，该书由米兰阿拉尼奥出版社于2009年出版。

下社会的象征与人物；但是，当我们察觉到这一点时，我们又因找不到这些象征确切对应的含义而备感苦恼。我们只知道自己身在其中。《不存在的骑士》塑造了当今社会遭受某种存在困难或缺乏存在的象征性人物，但是它可以涵盖诸多千差万别的方面。

另外一种表现手法集中体现在大部头《短篇小说集》与像《烟云》和《房产投机》这样的中篇小说中。在这些作品中，不再有童话，卡尔维诺毫不犹豫地切入当今生活。笼统地说，主角追随马克思主义，但却与意大利北部的资本主义或新资本主义你来我往。这种独立于任何政治制度之外的，其发展不可逆转的工业文明在多大程度上成为"自然"，并且构成了人类活动的必要环境？我们在多大程度上接受它、否认它才算是正确的，或者应以严谨睿智置身其中，用明察秋毫来弥补所有预设解决方案的不足？

《房产投机》讲述的是一位出生在利古里亚的知识青年，一直与他母亲生活在这片土地上，后来他不得不面对混凝土"森林"以铺天盖地之势吞噬了绿地山坡，并且毁掉了所有回忆的事实。他明白其中一切苦衷：老人的苦衷，年轻人的苦衷；被吞噬的花园的苦衷，混凝土吞没花园的苦衷；他咽下所有这些苦衷。"总之，他什么都懂，该死！"然后，到底该置身何处，置身其中还是置身事外呢？谁真正置身于时代的现实之中，是那个狡诈的投机商还是假装保持纯洁之心而逃离的人呢？他不知道该如何置身事外，也不愿意置身事外，等等。于是，工业文明中诞生了哈姆雷特式的知识分子，他糊里糊涂，犹豫不决，使出浑身解数，却处处碰壁。他希望融入其中以便寻求出路。

对于这个"拒绝样貌"的世界，我们无法将和谐强加于它，因为无论是回首过去，还是展望未来，和谐与它都格格不入。当我们描绘未来，未来也会像过去一样变成陷阱。我们可以在小说《观察者》的最后找到这样一句话："……一切都越来越复杂，想要在任何既有积极面又有消极面的事物中区分其积极与消极也变得越发困难，放弃表象而寻求非暂时性的本质也变得越发必要：这样的本质为数不多且仍然变化不定……"

1953年的选举中，意大利共产党员阿梅里戈·奥尔梅亚被任命为都灵一家投票站的监票员。（他的对手）多数党为了拉选票甚至发动了残疾人、智障患者和临终之人参加投票。奥尔梅亚在科托伦戈内部的一个选举站度过了一天时间：自然的苦难成为政治活动的工具；成群的残障人士被引导着参加投票；病房中，在尖叫、大笑、吠叫声中，在各种可怕的畸形人中，他们收集着那些卧床不起的病人的选票；奥尔梅亚旁观着，反思着……

情节大抵如此。因而，这是一部具有散文结构的小说，我认为，这是现代小说可以走得更远的唯一道路，不过，它与纯粹而简洁的散文大相径庭，它充满象征，冲破各种边界与限制，向外扩散从而获得了更多含义。这种散文式结构带来的结果就是集中、朴实、简练，不允许婉约柔和，不允许想象丰富的题外话。当长篇小说只刻画生活中的某一种情况（诸如《房产投机》），它则具备了中篇小说的外部特征。但是在这里，卡尔维诺在小说与散文充分融合的道路上大步迈进。《观察者》超越了他到目前为止所创作的所有作品，原因至少有二。

第一个原因是，文章的体验聚焦在诸如痛苦和悲悯等情绪本身，如此一来，惯常的同类主题在卡尔维诺笔下就超越了知识分子的冲突，被作者糅合在素材之中，从而得到转变与升华。第二个原因是，监票员奥尔梅亚看起来确实与《房产投机》中哈姆雷特式的主人公非常相像，当然，他不是一位心灰意冷的意共党员，并且，他相信自己的党派，他愿意相信它，也忠于自己的信仰；但他的思想也在不同的潮流之间飘忽不定，不时会遇到漩涡将他吸入其中，他也在"坚强的革命者"和"冷静的自由主义者"两种文化之间举棋不定。他也浑浑噩噩，在实际行动中找不到充分的说服力，他只能全神贯注地思考、反思，甚至站在对手的立场上进行推理。

但是，比起之前作品中的角色，奥尔梅亚的形象更为单薄、透明。他的个人特征，无论他是否为共产党员，以及他是否为一位怀疑论者，对我们而言基本上不重要。在我们看来，甚至连他的反应和反思与他的性格也没有任何联系，因为这一性格在他进入科托伦戈开始一天的体验之前就已经定型了。奥尔梅亚就是一个"某人"，一只观察事物的眼睛，记录事物的思维。我相信，如果卡尔维诺继续朝着这个方向前行，他将越来越不在乎人物性格的心理定义，而是将其变为一种思维功能，而这一思维在其体验之初就开始发挥作用了。

面对这一知识分子的眼睛，不确定性、流动性以及区分的困难都没有体现在他的身上，而是体现在事物上；所有这些都是客观而非主观的;"哈姆雷特式的优柔寡断"也体现在事物中,体现在现实本身,体现在至少今天我们称之为生活的本质之中。因此,作为记录的工具,即作家笔下的人物,正如卡尔维诺本人一样,既严格又精准,而不够精准与不够坚定的则是记录的内容。最为基本且长久的真理"为数不多且仍然变化不定",头脑便成了落入磁场干扰区的一根磁针。

此种情况下,科托伦戈俨然变成了中心。在此间投票的人物(严重畸形的病人、修女、神甫等等)得到了浓墨重彩的刻画,我在此顺便提一句,文中关于身份证件上的照片与人物之间关系的那部分描述非常出彩。但是,这种严格的检查只能得出部分与暂时的结论,而重中之重不在于华丽的章节与孤立的画面,而恰恰在于决定对材料进行观察。

我们可以从一个问题开始:他们是否有权将缺乏思维能力之人用作选举的被动工具?政治上的第一反应是:不能。在这一政治答案下,我要说的那些浊浪涡流则一涌而出。在什么限度内可以称之为人,到了什么限度就不再能称之为人?尚未变成人类的"自然苦难"究竟延伸到了哪里,自然与历史以及与人类工业之间的分界线究竟在何方?我们可以从什么角度说,这种苦难现在已经不再是我们的苦难了,它无权做出决定?还是说,人类是由世间存在的所有财富创造出来的,人类具有我们用爱不时赋予的界限?

可能对我们而言,明天,原子时代的正常人如同妖魔鬼怪,而同样,与"被遗忘的、可能存在的生物相比",今天的我们才是残废、畸形的,不是吗?奥尔梅亚的恋人,那位漂亮的姑娘,奥尔梅亚曾试图在她的美丽之中找到思想的堤岸,但如果我们仔细观察的话,她其实不也有着一些与那些畸形人相同的苦痛吗?如果抛开社会层面,进入个人的秘密地带——例如那个来访的父亲与他痴傻的儿子,他们彼此需要,沉默地吃零食,彼此对视几个小时——那么能够进入的范围有多大?

追问还在继续,鞭辟入里。正因为鞭辟入里,所以仍在继续。在这部作品中,卡尔维诺不再是从他个人、从心理上批判不确定性的一位作家,而是在现实之中描述这种不确定性客观存在的作家,并且这一现实的本质难以探寻。

圭多·皮奥韦内